BASTEI
LÜBBE

Aus dieser Taschenbuchreihe sind folgende Romane erhältlich. Fragen Sie Ihren Buch- oder Zeitschriftenhändler.

21 119	Alex Raymond mit Con Steffanson	Flash Gordon und die Zeitfalle
21 120	Stephen Goldin	Anschlag auf die Götter
21 121	Kenneth Bulmer	Die Hypno-Falle
21 122	Ron Goulart	Nemo
21 123	Brian M. Stableford	Das Götterdämmerungsprogramm
21 124	Jerry Pournelle	Mars, ich hasse dich!
21 125	Alex Raymond mit Carson Bingham	Flash Gordon und die Hexe von Mongo
21 126	Brian M. Stableford	Schwanengesang
21 127	E. E. Doc Smith/Stephen Goldin	Das Puritaner-Komplott
21 128	Jerry Pournelle	Der letzte Söldner
21 129	Kenneth Bulmer	Star City
21 130	Keith Laumer	Der Ultimax
21 131	Karl Heinz Prieß	Androiden-Jäger
21 132	Alex Raymond mit Carson Bingham	Flash Gordon und die Cybernauten
21 133	Roger Zelazny	Mein Name ist Legion
21 134	Steve Gallagher	Saturn 3
21 135	Gary K. Wolf	Killerspiel
21 136	Jerry Pournelle	Jenseits des Gewissens
21 137	Kenneth Bulmer	Das Männlichkeits-Gen

Isaac Asimov

Lucky Starr

Science Fiction-Roman

BASTEI LÜBBE

BASTEI-LÜBBE-TASCHENBUCH
Science Fiction Action
Band 21 138

Deutsche Lizenzausgabe 1981
Bastei-Verlag Gustav H. Lübbe, Bergisch Gladbach
Originaltitel: Space Ranger
Ins Deutsche übertragen von Jens Rösner
Titelillustration: Chris Foss
Umschlaggestaltung: Quadro-Grafik, Bensberg
Druck und Verarbeitung:
Mohndruck Graphische Betriebe GmbH, Gütersloh
Printed in Western Germany
ISBN 3-404-21138-3

Der Preis dieses Bandes versteht sich einschließlich der gesetzlichen Mehrwertsteuer.

I

PFLAUMEN VOM MARS

David Starr blickte dem Mann gerade voll ins Gesicht; deswegen erkannte er, was passierte. Er sah ihn sterben.

Geduldig hatte David auf Dr. Henree gewartet und in der Zwischenzeit die Atmosphäre in International Citys neuestem Restaurant genossen. Dies sollte seine erste richtige Feier sein, wo er nun sein Diplom erhalten hatte und Vollmitglied des Council of Science war.

Warten machte ihm nichts aus. Dank des frisch aufgetragenen Chromsilikonanstriches glänzte das Café Supreme noch. Das gedämpfte Licht, gleichmäßig auf den Speiseraum verteilt, ging von keiner sichtbaren Quelle aus. Am Kopfende von Davids Tisch stand ein kleiner von innen erleuchteter Würfel, in dem eine dreidimensionale Abbildung der Band zu sehen war, deren Klänge die sanfte Hintergrundmusik lieferten. Der Dirigentenstab des Bandleaders war ein zentimeterlanger Blitz, und die Tischplatte bestand natürlich aus Sanito, dem momentanen Höhepunkt moderner Kraftfeldtechnik, und war bis auf ein absichtliches Flackern ziemlich unsichtbar.

Davids ruhige braune Augen wanderten über die übrigen halb in Nischen verborgenen Tische, nicht aus Langeweile, sondern weil ihn Menschen mehr interessierten als alle technischen Tricks, die das Café Supreme anhäufen konnte. Tri-Television und Kraftfelder waren vor 10 Jahren Wunderdinge gewesen, inzwischen aber zum Allgemeingut geworden. Menschen hingegen veränderten sich nicht, aber selbst jetzt, zehntausend Jahre nach dem Bau der Pyramiden und fünftausend Jahre nach der ersten Atombombenexplosion, waren sie unlösbare Rätsel und unauslotbare Wunder.

Da lachte zum Beispiel ein junges Mädchen in einem

hübschen Kleid zärtlich mit ihrem männlichen Begleiter, denn der Mann dort in mittleren Jahren, in unbequemer Freizeitkleidung, der dem Kellnerroboter gerade den Menücode eintastete, während ihm seine Ehefrau und die beiden Kinder mit ernsten Gesichtern zusahen, und dann die beiden Geschäftsleute, die sich über ihren Nachtisch hinweg angeregt unterhielten.

Es geschah, als Davids Blick über die Geschäftsleute streifte. Einer der beiden, das Gesicht blutrot, versuchte mit zuckenden Bewegungen aufzustehen. Der andere streckte mit einem Aufschrei die Hand in einer unbestimmten Geste des Helfens aus, aber sein Begleiter war schon auf seinem Stuhl zusammengebrochen und begann unter den Tisch zu gleiten.

Beim ersten Anzeichen war David auf den Füßen, und nun fraßen seine langen Beine die Entfernung zwischen den Tischen mit drei Schritten auf. Er befand sich in der Nische. Mit einem Fingerdruck löste er einen elektronischen Kontakt in der Nähe des Fernsehwürfels aus, und ein violett fluoreszierendes Muster schob sich als Vorhang vor die offene Seite der Nische. Das würde keine Aufmerksamkeit erregen. Viele Gäste zogen es vor, sich dieser Art von Privatsphäre zu bedienen. Der Begleiter des Kranken fand jetzt erst seine Stimme wieder. Er sagte, »Manning ist schlecht. Es ist eine Art Anfall. Sind Sie Arzt?«

Davids Stimme klang sicher und beherrscht. Sie wirkte beruhigend. Er sagte: »Sitzen Sie jetzt still und sagen Sie nichts. Wir werden den Geschäftsführer holen, und was getan werden kann, wird geschehen.«

Er legte Hand an den Kranken, und obwohl dieser schwer gebaut war, hob er ihn wie eine Stoffpuppe hoch. Er schob den Tisch so weit es ging auf die eine Seite, wobei seine Finger auf unheimlich wirkende Weise durch zwei Zentimeter Kraftfeld voneinander getrennt waren. Er legte den Mann auf den Stuhl, lockerte den Magnosaum seiner Bluse und begann mit künstlicher Beatmung.

Was die Erholungschancen anging, gab sich David keinen Illusionen hin. Er kannte die Symptome: das plötzliche Anlaufen, der Verlust von Stimme und Atemvermögen, die paar Minuten Todeskampf und dann das Ende.

Der Vorhang schwirrte zur Seite. Mit bewunderungswürdiger Promptheit hatte der Geschäftsführer auf den Notruf, den David eingetippt hatte, noch bevor er seinen eigenen Tisch verlassen hatte, reagiert. Der Geschäftsführer war ein kleiner plumper Mann in enganliegender schwarzer Kleidung konservativen Zuschnitts. Sein Mienenspiel drückte Besorgnis aus.

»Hat jemand in diesem Flügel...« Er schien in sich zusammenzusinken, als seine Augen den Anblick registrierten. Der am Leben gebliebene Gast sprach in schneller Hysterie. »Wir aßen gerade, als mein Freund einen Anfall hatte. Was den anderen Mann hier angeht, so weiß ich nicht, wer er ist.« David stellte seine zwecklosen Wiederbelebungsversuche ein. Er strich sein dichtes braunes Haar aus der Stirn. Er sagte: »Sind Sie der Geschäftsführer?«

»Ich bin Oliver Gaspere, Geschäftsführer des Cafés Supreme«, sagte der dicke Mann verwirrt. »Der Notruf von Tisch 87 geht, und als ich hinkomme, ist niemand da. Mir wird gesagt, ein junger Mann sei eben in die Nische von Tisch 94 gelaufen, ich gehe hinterher und finde dies.« Er wandte sich um. »Ich werde den Hausarzt rufen lassen.«

David sagte: »Einen Augenblick. Dazu besteht keine Veranlassung mehr. Der Mann hier ist tot.«

»Was!« schrie der andere Gast. Er stürzte vor und rief: »Manning!«

David Starr zerrte ihn zurück und preßte ihn fest gegen die unsichtbare Tischplatte. »Ganz ruhig, Mann, Sie können ihm doch nicht helfen, und jetzt ist nicht der richtige Zeitpunkt, um Krach zu schlagen.«

»Nein, nein,« stimmte Gaspere schnell zu. »Wir dürfen die übrigen Gäste nicht verstimmen. Aber sehen Sie, Sir, ein Arzt muß trotzdem diesen bedauernswerten Mann untersuchen, um die Todesursache festzustellen. In meinem Restaurant kann ich keine Unregelmäßigkeiten dulden.«

»Es tut mir leid, Mr. Gaspere, aber ich gestatte nicht, daß der Mann, jedenfalls im Augenblick, von irgend jemand untersucht wird.«

»Wovon reden Sie? Falls dieser Mann an einem Herzanfall gestorben ist –«

»Bitte. Wir wollen lieber zusammenarbeiten und keine unnützen Debatten veranstalten. Wie heißen Sie, Sir?«

Der übriggebliebene Gast sagte mit dumpfer Stimme: »Eugene Forester«.

»Na gut, Mr. Forester, ich möchte genau wissen, was Sie und Ihr Begleiter eben gegessen haben.«

»Sir!« Der kleine Geschäftsführer starrte David an, seine Augen fielen ihm fast aus den Höhlen. »Unterstellen Sie etwa, daß etwas im Essen das hier verursacht hat?«

»Ich unterstelle gar nichts, ich stelle Fragen.«

»Sie haben kein Recht, Fragen zu stellen. Wer sind Sie denn überhaupt? Sie sind ein Niemand. Ich verlange, daß ein Arzt diesen armen Mann untersucht.«

»Mr. Gaspere, dies ist eine Angelegenheit des Wissenschaftsrats.«

Indem er den dehnbaren Metalliteärmel zurückschob, legte David die Unterseite seines Handgelenks frei. Einen Augenblick war da nur nackte Haut, aber dann verdunkelte sich eine Stelle zu einem Oval und wurde schwarz. Kleine gelbe Körnchen tanzten und blinkten im vertrauten Muster des Großen Bären und Orion.

Die Lippen des Geschäftsführers zitterten. Der Wissenschaftsrat war keine offizielle Regierungsbehörde, aber seine Mitglieder standen fast über der Regierung.

Er sagte, »es tut mir leid, Sir.«

»Zu Entschuldigungen besteht keine Veranlassung. Mr. Forester, wollen Sie nun meine erste Frage beantworten?«

Forester murmelte, »wir hatten das Spezial-Menü Nummer drei«.

»Alle beide?«

»So ist es.«

»Hat einer von Ihnen etwas dabei ausgetauscht?« fragte David. Er hatte die Karte an seinem eigenen Tisch studiert. Das Café Supreme servierte außerirdische Delikatessen, das Spezial-Menü Nummer drei war jedoch eine der mehr irdischen Mahlzeiten: Gemüsesuppe, Kalbskotelett, überbackene Kartoffeln, Erbsen, Eis und Kaffee.

»Ja, es wurde etwas ausgetauscht.« Forester zog die Brauen zusammen. »Manning bestellte gedämpfte Marspflaumen zum Nachtisch.«

»Und Sie nicht?«

»Nein.«

»Und wo sind die Marspflaumen jetzt?« David hatte selbst welche gegessen. Es handelte sich dabei um Obst, das in den riesigen Gewächshäusern auf dem Mars angebaut wurde; die Pflaumen waren saftig und ohne Kerne, und über ihrer Fruchtigkeit lag ein zarter Hauch von Zimtgeschmack.

»Er hat sie gegessen, was haben Sie denn gedacht?« sagte Forester.

»Wie lange, bevor er zusammengebrochen ist?«

»Etwa fünf Minuten, würde ich meinen. Wir waren

noch nicht einmal mit unserem Kaffee fertig.« Der Mann bekam einen krankhaft blassen Gesichtsausdruck. »Waren sie vergiftet?«

David antwortete nicht. Er wandte sich an den Manager. »Was ist mit den Marspflaumen los?«

»Nichts ist mit ihnen los. Absolut nichts.« Gaspere griff in die Nischenvorhänge und rüttelte leidenschaftlich daran, dabei vergaß er aber nicht, in leisestem Flüsterton zu sprechen. »Es handelte sich um eine frische Ladung vom Mars, behördlich geprüft und für gut befunden. Allein an den letzten drei Abenden haben wir Hunderte von Portionen serviert. So was wie das hier ist bisher noch nicht vorgekommen.«

»Trotzdem sollten Sie besser Anweisung geben, die Marspflaume von der Nachspeiseliste abzusetzen, bis wir sie noch einmal untersucht haben. Für den Fall, daß es nicht die Marspflaumen gewesen sind, bringen Sie mir doch mal eine Schachtel oder dergleichen, damit wir die Essensreste zur Untersuchung darin einsammeln können.«

»Sofort, sofort.«

»Und Sie werden natürlich mit niemandem darüber sprechen.«

Wenige Augenblicke später kehrte der Geschäftsführer zurück, dabei wischte er sich die Stirn mit einem federbauschigen Taschentuch. »Ich kann das nicht verstehen. Wirklich nicht«, sagte er.

David packte die gebrauchten Plastikteller, an denen noch Essenspartikel klebten, in die Schachtel, legte das, was von den Toastbrötchen übriggeblieben war, hinzu, verschloß die Kunststofftassen, in denen der Kaffee serviert worden war wieder und stellte sie auf die Seite. Gaspere rieb sich hektisch die Hände und machte Anstalten, mit dem Finger den Kontakt am Tischrand zu drücken.

Davids Hand bewegte sich schnell, und der Geschäftsführer merkte mit Schrecken, daß sein Handgelenk fest in der Falle saß.

»Aber Sir, die Krümel!«

»Die werde ich ebenfalls nehmen.« Er benutzte sein Taschenmesser, um alle Teilchen zu sammeln. Die scharfe Stahlschneide glitt mit Leichtigkeit über das Nichts des Kraftfeldes. David bezweifelte innerlich die Zweckmäßigkeit von Kraftfeldtischplatten. Ihre völlige Durchsichtigkeit war einer entspannten Haltung alles andere als zuträglich. Der Anblick auf dem Nichts schwebender Teller und Bestecke mußte bei den Gästen einfach das Gefühl der Anspannung hervorrufen. Deswegen mußte man das Feld absichtlich aus dem Schwingungsgleichgewicht bringen, was zu einem ständigen Funkensprühen und dadurch zur Illusion fester Materie führte.

In Restaurants waren sie beliebt, denn am Ende einer Mahlzeit brauchte man das Kraftfeld nur, um ein paar Millimeter anzuheben, und schon waren übriggebliebene Speisereste und Tropfen vernichtet. Erst als David mit dem Einsammeln fertig war, erlaubte er Gaspere die Ausdehnung zu betätigen. Er löste selbst den Sicherheitshebel mit einer Fingerbewegung und gestattete Gaspere, seinen Spezialschlüssel zu benutzen. Augenblicklich entstand eine neue völlig saubere Oberfläche.

«Jetzt noch einen Augenblick, bitte.« David blickte auf das metallene Zifferblatt seiner Armbanduhr und schob dann einen Zipfel des Vorhangs zur Seite.

»Dr. Henree!« sagte er leise.

Der schlaksige Mann in besten Jahren saß genau da, wo vor fünfzehn Minuten Davids Platz gewesen war, er straffte sich und schaute sich überrascht um.

David lächelte. »Hier bin ich!« Er legte einen Finger an die Lippen.

Dr. Henree stand auf. Die Kleider hingen lose an ihm herab, und sein dünner werdendes Haar war sorgfältig gekämmt, damit es über einer kahlen Stelle zu liegen kam. Er sagte: »Mein lieber David, Du bist schon da? Ich war der Überzeugung, du hättest dich verspätet. Stimmt etwas nicht?«

Davids Lächeln war nur von kurzer Dauer gewesen. Er sagte: »Schon wieder einer.«

Dr. Henree trat hinter den Vorhang, schaute auf den Toten, und murmelte: »Du liebes bißchen.«

»So kann man es auch ausdrücken«, sagte David.

»Ich denke«, sagte Henree, indem er seine Brille abnahm und spielerisch mit seinem schwachen Ultraschallreiniger über die Gläser strich, bevor er sie wieder aufsetzte, »ich denke, wir schließen das Restaurant besser.«

Gaspere öffnete seinen Mund lautlos wie ein Fisch und klappte ihn wieder zu. Schließlich sagte er mit einem erstickten Keuchen: »Das Restaurant schließen? Es ist erst vor einer Woche eröffnet worden. Das bedeutet den Ruin. Völligen Ruin!«

»Oh, doch nur für eine Stunde oder so. Sie müssen die Leiche fortschaffen und ihre Küche unter die Lupe nehmen. Sicher sind sie daran interessiert, daß wir den Lebensmittelvergiftungsverdacht ausräumen, falls wir dazu in der Lage sind. Wenn wir uns im Beisein ihrer Gäste an die Arbeit machen würden, wäre es doch sicher noch weniger angenehm für Sie.«

»Schön, ich werde dafür sorgen, daß Ihnen das Restaurant zur Verfügung steht. Aber ich brauche eine Stunde Zeit, damit die anwesenden Gäste ihre Mahlzeit beenden können. Ich hoffe, es wird kein öffentliches Aufsehen geben.«

»Auf gar keinen Fall, das verspreche ich Ihnen.« Dr. Henrees zerfurchtes Gesicht hatte einen sorgenvollen Ausdruck angenommen. »David, würdest du das Hauptquartier anrufen und dich mit Conway verbinden lassen? Wir haben für solche Fälle einen genau festgelegten Verfahrensablauf. Er wird wissen, was zu tun ist.«

»Muß ich bleiben?« warf Forester plötzlich ein. »Mir wird schlecht.«

»Wer ist das, David?« fragte Dr. Henree.

»Der Begleiter des Verstorbenen. Sein Name ist Forester.«

»Ach so, nun Mr. Forester, ich fürchte, Ihnen wird hier schlecht werden müssen.«

*

Leer war das Restaurant kalt und abstoßend. Wortkarge Spezialisten waren erschienen und wieder verschwunden. Mit Akribie hatten sie die Küche Stäubchen für Stäubchen abgesucht. Jetzt waren nur noch Dr. Henree und David anwesend. Sie saßen in einer leeren Nische. Licht war keines eingeschaltet, und die Tritelevisionsgeräte waren einfach nur tote Glaswürfel.

Dr. Henree schüttelte den Kopf. »Wir werden nichts herausbekommen. Das weiß ich aus Erfahrung. Es tut mir leid, David. Dies ist nicht die angemessene Feier, die wir uns vorgestellt hatten.«

»Später ist noch genug Zeit zum Feiern. Du hast in deinen Briefen Fälle von Lebensmittelvergiftungen erwähnt, deswegen war ich auch darauf vorbereitet. Worauf ich aber nicht gefaßt war, ist die große Geheimhaltung, die notwendig zu sein scheint. Ich wäre vielleicht diskreter vorgegangen, wenn ich das gewußt hätte.«

»Nein, es ist zwecklos. Wir können dieses Problem nicht ewig geheimhalten. So nach und nach zeigen sich winzige undichte Stellen. Leute sehen, wie andere beim Essen sterben und hören von weiteren Fällen dieser Art; immer beim Essen. Es ist schlimm und wird schlimmer werden. Na, wir werden uns morgen darüber unterhalten, wenn du selbst mit Conway sprichst.«

»Halt mal!« David schaute tief in die Augen des älteren Mannes. »Da gibt es etwas, was dir mehr Sorgen macht als der Tod eines Mannes oder der Tod von tausend Leuten. Etwas, das ich nicht weiß. Was ist es?«

Dr. Henree seufzte. »Ich fürchte, David, die Erde schwebt in großer Gefahr. Die meisten Ratsmitglieder glauben aber nicht daran, und Conway ist nur zum Teil überzeugt. Ich bin mir aber sicher, daß diese Lebensmittelvergiftungen ein geschickter und brutaler Versuch sind, die Kontrolle über das wirtschaftliche und politische Leben auf der Erde zu erlangen. Bisher, David, gibt es nicht einmal den kleinsten Fingerzeig, wer hinter dieser Bedrohung steht und wie die Machenschaften durchgeführt werden. Der Wissenschaftsrat ist völlig hilflos!«

II

DER BROTKORB AM HIMMEL

Der Vorsitzende des Wissenschaftsrats, Hektor Conway, stand an seinem Fenster in der obersten Etage des Science Tower, einem schlanken Gebäude, das den nördlichen Stadtteilen von International City ihr Gepräge verlieh. Die Stadt begann im letzten Tageslicht zu funkeln. Bald würde man die weißen Striche entlang der erhöhten Fußgängerwege erkennen können. In den Gebäuden würde das Licht in juwelengleichen glitzernden Mustern aufflammen, wenn die Fenster zum Leben erwachten. Beinahe genau in der Mitte seines Fensters lagen die entfernten Kuppeln der Kongreßhalle zwischen die sich der Regierungspalast schmiegte.

Er befand sich allein in seinem Büro, das automatische

Schloß war nur auf Dr. Henrees Fingerabdrücke eingestellt. Er merkte, wie etwas von seiner Niedergeschlagenheit von ihm wich. David Starr war hierher unterwegs, plötzlich und wundersamerweise erwachsen geworden, bereit seinen ersten Auftrag als Mitglied des Rats entgegenzunehmen. Es kam ihm fast so vor, als ob sein eigener Sohn im Begriff stand, ihn zu besuchen. In gewisser Weise war dem auch so. David Starr war sein Sohn: seiner und der von Augustus Henree. Anfangs waren sie zu dritt gewesen, er, Gus Henree und Lawrence Starr. Wie gut er sich an Lawrence Starr erinnern konnte! Sie hatten zu dritt die Schule absolviert, sich gemeinsam für den Rat qualifiziert, ihre ersten Aufträge gemeinsam durchgeführt, und dann war Lawrence Starr befördert worden. Das war zu erwarten gewesen, er war von ihnen dreien mit Abstand der Brillanteste.

Er hatte also mehr oder weniger eine Dauerstellung auf der Venus erhalten, und das war gleichzeitig das erste Mal, daß die drei einen Auftrag nicht gemeinsam angegangen hatten. Frau und Kind hatte er mitgenommen. Barbara hieß seine Frau. Die wunderschöne Barbara Starr. Weder Henree noch er selbst hatten jemals geheiratet, und für keinen von ihnen gab es ein Mädchen, daß in ihren Gedanken einen Vergleich mit Barbara standhielt. Als David geboren wurde, hieß es sofort Onkel Gus und Onkel Hektor, zuweilen kam er durcheinander und nannte seinen Vater Onkel Lawrence.

Und dann kam es auf dem Weg zur Venus zu diesem Piratenangriff. Es war ein vollständiges Massaker gewesen. Piratenschiffe machten praktisch keine Gefangenen im All, und bevor zwei Stunden um waren, hatte es mehr als hundert Tote gegeben. Unter ihnen waren auch Lawrence und Barbara.

Conway konnte sich genau an den Tag, ja an die Minute erinnern, in der die Nachricht im Science Tower eintraf. Patrouillenschiffe waren ins All gestartet, sie spürten die Piraten auf und griffen ihre Nester im Asteroidengürtel mit beispielloser Wut an. Ob sie gerade die Bösewichte schnappten, die das Venusschiff ausgeweidet hatten, konnte niemand mit Bestimmtheit sagen, die Macht der Piraten aber war von jenem Tag an gebrochen.

Und die Patrouillienschiffe fanden noch etwas anderes! Ein winziges Rettungsboot auf einer gefährlichen Umlaufbahn zwischen Venus und Erde, das einen unpersönlichen, automatischen Hilferuf aussandte. An Bord befand sich nur ein Kind. Ein verängstigter einsamer Vierjähriger, der stundenlang nichts anderes von sich gab, als: „Mutter hat gesagt, ich darf nicht weinen!« Es war David Starr gewesen. Seine Geschichte, aus der Sicht eines Kindes erzählt, war verworren, eine allzuleichte Ausdeutung des Vorgefallenen. Vor seinem geistigen Auge konnte Conway immer noch sehen, wie die letzten Minuten in dem ausgeweideten Schiff gewesen sein mußten: der sterbende Lawrence Starr im Kommandostand, während die Gesetzlosen sich den Zugang erzwangen; Barbara, einen Blaster in der Hand, drängte David verzweifelt in das Rettungsboot, versuchte die Koordinaten so gut sie konnte einzustellen, dann feuerte sie es ins All. Und dann?

Sie hatte eine Waffe in der Hand. So lange wie möglich, mußte sie den Blaster gegen den Feind benutzt haben, um ihn schließlich, als es nicht mehr anders ging, gegen sich selbst zu richten. Conway tat die Vorstellung weh. Es tat weh, und wieder wünschte er, daß man ihm erlaubt hätte, die Patrouillienschiffe zu begleiten, damit er mit eigenen Händen hätte mithelfen können, die Asteroidenhöhlen in brennende Orkane atomarer Zerstörung zu verwandeln. Aber sie hatten gesagt, daß Ratsmitglieder zu wertvoll seien, als daß sie bei Polizeiaktionen aufs

Spiel gesetzt werden dürften, Also war er daheim geblieben und hatte die Meldungen gelesen, die auf Tickerband aus seinem Telenews-Projektor kamen.

Augustus Henree und er adoptierten David Starr und hatten danach ihr ganzes Leben der Auslöschung dieser letzten furchtbaren Erinnerungen im All gewidmet. Sie ersetzten ihm Mutter und Vater, überwachten persönlich seine Schulzeit, bildeten ihn mit einem einzigen Ziel im Kopf aus: aus ihm zu machen, was Lawrence Starr einmal gewesen war.

Er hatte ihre Erwartungen übertroffen. Körperlich war er wie Lawrence, einsachtzig groß, zäh und hart, mit der kühlen Beherrschung und den schnellen Reaktionen eines Leistungssportlers; dazu verfügte er über den scharfen, klaren Verstand eines erstklassigen Wissenschaftlers. Und in seinem braunen, leicht gewellten Haar, in seinen offenen, weit auseinanderstehenden braunen Augen, in der angedeuteten Kerbe an seinem Kinn, die verschwand, wenn er lächelte, lag etwas, das an Barbara erinnerte.

Er war durch die Zeit seiner Ausbildung an der Akademie gestürmt und hatte dabei einen Funkenregen von Bestleistungen auf dem Sportplatz und in den Klassenzimmern hinter sich zurückgelassen.

Conway war beunruhigt gewesen. »Das ist nicht normal, Gus. Er übertrifft seinen Vater.«

Und Henree, der nicht an unnötiges Geschwätz glaubte, hatte nur an seiner Pfeife gezogen und gelächelt.

»Es gefällt mir nicht, daß ich das sagen muß«, hatte Conway gesagt, »du wirst mich nämlich auslachen, aber an der Sache ist etwas nicht ganz normal. Denk mal, das Kind ist zwei Tage lang im All umhergetrieben, und zwischen sich und der Sonnenstrahlung befand sich nur die dünne Wand des Rettungsbootes. Er war nur 70 Millionen Meilen von der Sonne entfernt, und zwar zu dem Zeitpunkt, als die Sonnenfleckentätigkeit ihr Maximum erreicht hatte.«

»Alles, was du damit sagst«, erwiderte Henree, »ist, daß David von Rechts wegen zu Asche verbrannt sein müßte.«

»Also ich weiß nicht«, murmelte Conway. »Die Auswirkungen von Strahlungen auf lebendes Gewebe, zumal auf Menschliches, birgt so seine Geheimnisse.«

»Selbstverständlich. Leicht machbar sind Experimente auf diesem Gebiet nun mal nicht.«

David hatte das College mit dem besten Notendurchschnitt aller Zeiten abgeschlossen. Es war ihm gelungen, an der Universität eigenständige Forschung in Bio-Physik zu betreiben. Er war der jüngste Mann, dem je eine Vollmitgliedschaft im Wissenschaftsrat verliehen worden war.

Was Conway anging, so war damit ein Verlust einhergegangen. Wie im Jahr zuvor, war er zum Ratsvorsitzenden gewählt worden. Das war eine Ehre, für die er sein Leben gegeben hätte, aber er wußte, daß die Wahl auf einen Würdigeren gefallen wäre, falls Lawrence Starr noch unter den Lebenden weilen würde.

Und er hatte so gut wie jeden Kontakt zum jungen David Starr verloren, denn Ratsvorsitzender zu sein, das forderte, daß man kein anderes Leben kannte, als mit den klemmenden Problemen der gesamten Milchstraße fertig zu werden. Selbst bei den Abschlußfeierlichkeiten an der Universität hatte er David nur von Ferne gesehen, hatte in den letzten vier Jahren vielleicht viermal mit David gesprochen.

Deswegen klopfte ihm das Herz in fröhlicher Erwartung, als er hörte, wie sich die Tür öffnete. Er drehte sich um und beschleunigte seine Schritte, um sie beim Eintreten zu begrüßen.

»Gus, altes Haus.« Er streckte seine Hand aus und schüttelte die des anderen kräftig. »Und David, mein Junge!«

Eine Stunde verging. Es war richtig Nacht geworden, bevor sie von sich selbst zu sprechen aufhörten, und sich dem Universum zuwenden konnten.

David war es, der anfing: »Heute habe ich meinen ersten Vergiftungsfall gesehen, Onkel Hektor. Ich wußte genug darüber, um eine Panik zu verhindern. Ich wollte, ich wüßte genug, um Vergiftungen zu verhindern.«

Conway sagte nüchtern: »Dafür weiß keiner genug. Ich nehme an, Gus, es handelt sich wieder um ein Marsprodukt.«

»Das kann niemand sagen, Hektor. Aber eine Marspflaume war im Spiel.«

»Ich schlage vor«, bemerkte David Starr, »ihr weiht mich über alles ein, was ich wissen darf.«

»Es ist erstaunlich einfach«, kam es von Conway. »Erschreckend einfach. In den letzten vier Monaten sind ungefähr zweihundert Menschen plötzlich nach dem Genuß eines auf dem Mars gezüchteten Produktes gestorben. Es handelt sich um unbekanntes Gift, die Symptome treffen auf keine bekannte Krankheit zu. Es findet eine schnelle und vollständige Paralyse der das Zwerchfell und die Brustmuskulatur kontrollierenden Nerven statt. Das führt zu Lungenlähmung, was in fünf Minuten tödlich ist. Es geht sogar noch weiter. In einigen Fällen, in denen wir die Opfer rechtzeitig in die Hände bekamen, haben wir es genau wie du mit künstlicher Beatmung versucht, sogar eiserne Lungen sind eingesetzt worden. Die Patienten sind trotzdem innerhalb von fünf Minuten gestorben. Das Herz war ebenfalls in Mitleidenschaft gezogen. Autopsien zeigen uns nichts, außer einem Nervenverfall, der unglaublich schnell vonstatten gehen muß.«

»Wie steht es mit dem Essen, das zur Vergiftung geführt hat?«, fragte David.

»Fehlanzeige«, erwiderte Conway. »Die vergiftete Speise wird immer ganz verzehrt, dafür reicht die Zeit. Die gleiche Nahrung auf dem Tisch oder in der Küche ist harmlos. Wir haben es an Tiere verfüttert und sogar Freiwilligen zu essen gegeben. Die Mageninhalte der Toten haben keine gesicherten Erkenntnisse gebracht.«

»Woher weißt du denn, daß es sich überhaupt um Lebensmittelvergiftungen handelt?«

»Weil der Zufall des Todeseintritts jedesmal nach dem Genuß eines Marsproduktes, es handelt sich ausnahmslos um Kost vom Mars, mehr als ein bloßer Zufall ist.«

»Offensichtlich ist es nicht ansteckend«, sagte David gedankenverloren.

»Nein. Den Sternen sei Dank. Trotzdem ist es auch so schlimm genug. Bislang haben wir die Sache so gut es ging geheimgehalten, dabei werden wir von der Planetaren Polizeibehörde rückhaltlos unterstützt. Zweihundert Tote in vier Monaten ist bei der Gesamtbevölkerung der Erde eine vertretbare Zahl, aber sie könnte höher werden. Und falls die Erdbewohner herausfinden, daß jeder Happen Marsnahrung ihr letzter sein könnte, wären die Konsequenzen furchtbar. Selbst wenn wir dann vorrechnen, daß die Todesrate nur fünfzig pro Monat bei einer Bevölkerung von 5 Milliarden ist. Trotzdem wäre jeder fest davon überzeugt, daß er einer der fünfzig sein würde.«

»Ja«, kam es von David, »und das würde bedeuten, der Importmarkt für Marsprodukte bricht zusammen. Für die Landwirtschaftssyndikate auf dem Mars wäre das eine Katastrophe.«

»Ach das!« Conway zuckte die Schultern und überging damit die Sorgen der Landwirtschaftssyndikate, als wäre das unerheblich. »Fällt dir nichts anderes auf?«

»Mir ist klar, daß die Landwirtschaft der Erde keine fünf Milliarden Menschen ernähren kann.«

»Genau das ist der Punkt. Ohne Versorgung von den Kolonieplaneten können wir nicht auskommen. Innerhalb von sechs Wochen gäbe es auf der Erde eine Hungersnot. Wenn die Leute aber vor Marslebensmitteln Angst haben, kann das nicht verhindert werden, und ich weiß wirklich nicht, wie lange wir die Angelegenheit noch hinauszögern können. Jeder neue Todesfall stellt eine neue Krise dar. Werden die Fernsehnachrichten dieses Mal Wind bekommen? Kommt die Wahrheit ans Tageslicht? Und als wenn das nicht schon genug wäre, da ist auch noch Gus' Theorie.«

Dr. Henree lehnte sich zurück und stopfte seine Pfeife. »Ich bin fest davon überzeugt, David, daß diese Lebensmittelvergiftungsepidemie keine natürliche Ursache hat. Dafür ist sie zu weit verbreitet. Einmal passiert es in Bengalen, am nächsten Tag in New York und dann in Sansibar. Dahinter steckt System.«

»Ich sage dir...« setzte Conway an.

»Falls irgendeine Gruppe versuchen sollte, die Erde in ihre Gewalt zu bekommen, da gibt es doch gar keinen besseren Schachzug, als uns an der schwächsten Stelle zu packen, unserer Nahrungsmittelversorgung. Die Erde ist der bevölkerungsreichste Planet in der gesamten Milchstraße. Das ist verständlich, schließlich stammt die Menschheit ursprünglich von hier, aber genau dieser Umstand macht uns in gewisser Weise zur verwundbarsten Welt, da wir nicht autark sind. Unser Brotkorb hängt oben am Himmel: auf dem Mars, auf Ganymed und Europa. Wenn man die Importe unterbindet, auf irgendeine Weise, sei es durch Piratenanschläge oder durch die viel subtilere Methode, derer man sich jetzt bedient, sind wir schnell hilflos. So einfach ist das.«

»Aber«, sagte David, »wenn dem so ist, würde die verantwortliche Gruppe sich dann nicht mit der Regierung in Verbindung setzen, um ein Ultimatum zu stellen?«

»Das sollte man annehmen, aber vielleicht warten sie bis die Zeit reif ist. Oder vielleicht wenden sie sich auch direkt an die Farmer auf dem Mars. Die Siedler haben ihren eigenen Kopf, trauen der Erde nicht, und wer weiß, ob sie sich nicht mit den Verbrechern zusammentun, wenn sie ihre Existenz als bedroht ansehen. Vielleicht stecken die...« er zog angestrengt an der Pfeife, »sogar selbst... Aber ich will keine Verdächtigungen aussprechen.«

»Und meine Aufgabe«, entfuhr es David, »was soll ich eurer Meinung nach tun?«

»Laß mich es ihm sagen«, brummte Conway. »David, wir möchten, daß du in die Zentrallabors auf dem Mond gehst. Du wirst Mitglied in dem Forschungsteam, das die Schwierigkeiten untersuchen soll. Im Augenblick bekommen sie Lebensmittelproben von allen Marsprodukten. Wir müssen dabei zwangsläufig auf vergiftete Ware stoßen. Die eine Probenhälfte wird an Ratten verfüttert, der Rest mit allen Mitteln, die uns zur Verfügung stehen, analysiert.«

»Ich verstehe. Und falls Onkel Gus recht hat, dann haben wir ein weiteres Team auf dem Mars, nehme ich an?«

»Sehr erfahrene Leute. Aber bist du bereit, morgen abend zum Mond zu fliegen?«

»Selbstverständlich. Aber wenn die Dinge so liegen, darf ich dann jetzt gehen und mich startklar machen?«

»Natürlich.«

»Und gibt es irgendwelche Einwände dagegen, wenn ich mein eigenes Schiff benutze?«

»Keineswegs.«

*

Allein im Zimmer, starrten die beiden Wissenschaftler lange Zeit auf die märchenhafte Lichterkette der Stadt hinunter, bevor einer von ihnen was sagte.

Schließlich bemerkte Conway: »Wie sehr er Lawrence ähnelt! Aber er ist noch so jung, es wird gefährlich werden.«

»Glaubst du wirklich, daß es funktionieren wird?« kam es von Henree.

»Bestimmt!« Conway lachte. »Du hast doch seine direkte Frage nach dem Mars gehört. Er hat gar nicht die Absicht, zum Mond zu fliegen. So gut kenne ich ihn immerhin. Und das ist auch die beste Methode, ihn zu beschützen. In den amtlichen Unterlagen wird stehen, daß er zum Mond unterwegs ist, die Männer im Zentrallabor sind angewiesen, sein Eintreffen zu melden. Wenn er auf dem Mars ankommt, gibt es für deine Verschwörer, falls es sie gibt, keine Veranlassung, ihn für ein Ratsmitglied zu halten und natürlich wird er sein Inkognito wahren, denn er glaubt, er müsse uns an der Nase herumführen.«

»Er ist hervorragend«, setzte Conway hinzu. »Vielleicht kann er etwas bewerkstelligen, zu dem wir nicht in der Lage wären. Glücklicherweise ist er noch jung und kann gelenkt werden. In ein paar Jahren wird das unmöglich sein. Er würde uns durchschauen.«

Conways Sprechanlage tickte leise. Er legte den Schalter um. »Was gibt es?«

»Private Mitteilung an Sie, Sir.«

»Für mich? Geben Sie her.« Er schaute Henree verwirrt an. »Das sind doch wohl nicht die Verschwörer, von denen du immer plapperst?«

»Mach auf, dann weißt du's«, schlug Henree vor.

Conway schlitzte den Umschlag auf. Einen Moment lang starrte er auf das Blatt. Dann lachte er etwas übertrieben, schnippte den geöffneten Zettel zu Henree hinüber und sank in seinem Stuhl zusammen.

Henree nahm ihn in die Hand. Er bestand nur aus zwei hingekritzelten Zeilen: »Wie du willst! Also zum Mars.« Unterschrift: »David«.

Henree brüllte vor Lachen. »Schön hast du ihn gesteuert.«

Conway konnte nicht anders, er mußte mitlachen.

III

ARBEITSKRÄFTE GESUCHT

Für einen geborenen Erdenbürger bedeutete die Erde bloß die Erde. Es handelte sich einfach nur um den dritten Planeten von der Sonne aus gerechnet, den Bewohnern der Milchstraße als Sol geläufig. In der offiziellen Geographie jedoch war die Erde mehr als das: in dieser Bezeichnung waren alle Himmelskörper des Sonnensystems eingeschlossen. Der Mars war genauso die Erde, wie diese selbst. Männer und Frauen, die auf dem Mars lebten waren genausogut Erdbewohner, als wohnten sie tatsächlich auf dem Heimatplaneten. Juristisch gesehen war das jedenfalls so. Sie nahmen an der Wahl zum Universal-Weltkongreß und an der des planetarischen Präsidenten teil.

Aber es ging nur bis hierher und nicht weiter. Die Erdbewohner auf dem Mars hielten sich für etwas Besseres, und ein Neuling hatte einiges durchzumachen, bis ein Farmboy vom Mars in ihm etwas anderes sah als einen der üblichen Touristen, die nicht weiter ins Gewicht fielen.

Als er das Amt für landwirtschaftliche Arbeitskräftevermittlung betrat, fand David Starr das beinahe sofort heraus. Ein kleiner Mann folgte ihm beim Betreten des

Gebäudes auf dem Fuße. Ein wirklich kleiner Mann. Er war ungefähr 1,56 groß, und hätten sie sich von Angesicht zu Angesicht gegenübergestanden, dann wäre seine Nase in Höhe von Davids Brustbein gewesen. Sein Haar war blaßrot und straff zurückgekämmt, der Mund breit, er trug den Hemdkragen in typischer Manier offen, und außer einem zweireihigen Overall hatte er die hüfthohen, grellbunten Stiefel der Farmboys vom Mars an.

Als David sich auf den Schalter zu bewegte, über dem der Schriftzug »Farmarbeitsvermittlung« leuchtete, klapperten Schritte, und eine Tenorstimme rief laut: »Halt, halt, mach mal halblang Junge.«

Der kleine Mann stand ihm gegenüber.

David sagte: »Kann ich irgend etwas für Sie tun?«

Der Kleine musterte ihn sorgfältig, Stück für Stück, streckte dann einen Arm aus und lehnte sich lässig gegen die Hüftpartien des Erdenbewohners. »Wann bist du denn von der Gangway gestiegen?«

»Was für eine Gangway?«

»Ziemlich dick für einen Erdie. Ist es dir dort zu eng geworden?«

»Ja, ich komme von der Erde.«

Der Kleine ließ seine Hände eine nach der anderen herunterfallen, so daß sie mit scharfem Klatschen gegen seine Stiefel schlugen. Unter Farmboys die typische Geste der Selbstbestätigung.

»In dem Falle« sagte er, »schlage ich vor, daß du mal Wartestellung beziehst und einen Einheimischen seinen Geschäften nachgehen läßt.«

»Wie Sie wollen«, bemerkte David.

»Und falls du irgendwelche Einwände dagegen hast, kannst du dich an mich wenden, wenn wir hier fertig sind oder später. Ganz wie es beliebt. Ich heiße Bigman. Ich bin John Bigman Jones, aber du kannst dich überall in der Stadt nach mir als Bigman erkundigen.« Er legte eine Pause ein und fügte dann hinzu: »Das ist mein Spitzname, Erdie. Etwas dagegen einzuwenden?«

Mit ernster Betonung sagte David: »Nicht das geringste.«

»Recht so!« erwiderte Bigman und verschwand in Richtung Schalter, während David, der sich ein Lächeln nicht verkneifen konnte, sobald der andere ihm den Rücken gekehrt hatte, Platz nahm.

Er befand sich noch keine zwölf Stunden auf dem Mars, die Zeit hatte gerade gereicht, um sein Schiff unter falschem Namen in der großen unterirdischen Garage außerhalb der Stadt registrieren zu lassen, in einem der Hotels ein Zimmer zu belegen und einige Stunden durch die überkuppelte Stadt zu schlendern.

Sie hatten nur drei solcher Städte auf dem Mars. Das war im Hinblick auf den Aufwand, der zur Erhaltung der enormen Kuppeln getrieben werden mußte und in bezug auf die Versorgung mit den riesigen Strömen von Energie, die nötig waren um Temperatur und Schwerkraftverhältnisse wie auf der Erde zu erzeugen nur allzu verständlich.

Diese hier, Wingard City, so genannt nach Robert Clark Wingard, dem ersten Mann, der seinen Fuß auf Marsboden gesetzt hatte, war die größte.

Sie unterschied sich nicht sehr von einer Stadt auf der Erde; es sah beinah so aus, als ob man ein Stück aus der Erde herausgeschnitten und auf einen anderen Planeten versetzt hatte; es war, als ob die Marsbewohner, die auch im günstigsten Fall noch 35 Millionen Meilen von der Erde entfernt waren, diesen Umstand vor sich selbst verbergen mußten. Im Stadtzentrum, wo die elliptische Kuppel 400 Meter hoch war, standen sogar zwanzigstöckige Gebäude.

Es fehlte nur eines: es gab weder Sonne noch blauen Himmel. Die Kuppel selbst war durchsichtig, und wenn Sonnenlicht darauf fiel, wurde es gleichmäßig über die zehn Quadratmeilen große Oberfläche verteilt. Die Lichtintensität auf einem beliebigen Abschnitt der Kuppel war gering, so daß der »Himmel« einem Stadtbewohner wie ein ganz schwaches Gelb vorkommen mußte. Der Gesamteindruck hingegen entsprach ungefähr dem eines wolkenverhangenen Tages auf der Erde.

Wenn die Nacht anbrach, verblaßte die Kuppel und verwandelte sich in sternenloses Schwarz. Dann aber flammte die Straßenbeleuchtung auf, und Wingard City erweckte mehr denn je einen irdischen Eindruck. Im Inneren der Gebäude wurde Tag und Nacht Kunstlicht verwendet.

Plötzlich ertönte lautes Stimmengewirr, und David Starr schaute auf.

Bigman stand immer noch vor dem Pult und schrie: »Ich sage Ihnen, das ist Boykott. Beim Jupiter, ihr habt mich auf die schwarze Liste gesetzt.«

Der Mann hinter dem Pult schien verwirrt. Die Finger spielten ständig mit seinen buschigen Koteletten. Er sagte: »Wir führen keine schwarzen Listen, Mr. Jones –«

»Mein Name ist Bigman! Was ist los? Haben Sie Angst, freundlich zu sein? In den ersten paar Tagen haben Sie mich Bigman genannt.«

»Wir haben keine schwarzen Listen, Bigman. Farmarbeiter sind nur nicht gefragt.«

»Was reden Sie da? Tim Jenkins hat vorgestern in zwei Minuten einen Job bekommen.«

»Jenkins hat Erfahrung als Raketenpilot.«

»Ich kann genausogut mit einer Rakete umgehen wie Tim.«

»Also, in den Unterlagen stehen Sie als Säer.«

»Und ich bin ein guter Sämann. Brauchen die etwa keine Säer?«

»Sehen Sie, Bigman«, fuhr der Mann hinter dem Pult fort, »Ihr Name steht auf der Warteliste. Mehr kann ich nicht tun. Ich werde Ihnen Bescheid geben, wenn ich etwas für Sie habe.« Er konzentrierte seine Aufmerksamkeit auf die vor ihm liegende Liste und ging dabei demonstrativ unbeteiligt die Eintragungen durch.

Bigman wandte sich ab und rief über die Schulter: »In Ordnung, aber ich setze mich hierhin, und beim nächsten Stellenangebot, das Sie kriegen, schicken Sie mich hin. Falls die mich nicht wollen, sollen sie es mir selbst sagen. Mir, haben Sie verstanden! J. Bigman J. persönlich.«

Der Mann hinter dem Schalter schwieg. Murrend setzte sich Bigman auf einen Stuhl. David Starr stand auf und ging auf das Pult zu. Kein weiterer Farmboy war hinzugekommen, um ihm seinen Platz auf der Warteliste streitig zu machen. »Ich hätte gern Arbeit«, sagte er.

Der Mann sah auf und zog ein leeres Formular sowie einen Handdrucker zu sich heran. »Was für Arbeit?«

»Irgendeine Art von Landarbeit, was gerade da ist.«

Der Mann legte den Handdrucker hin. »Sind Sie auf dem Mars geboren?«

»Nein, Sir, ich komme von der Erde.«

»Tut mir leid. Keine Stelle frei.«

David sagte: »Also hören Sie mal. Ich kann arbeiten, und ich brauche Arbeit. Heilige Milchstraße, gibt es ein Gesetz, wonach Erdbewohner nicht arbeiten dürfen?«

»Nein, aber ohne Erfahrung gibt es für Sie auf einer Farm nicht viel zu tun.«

»Ich brauch' trotzdem einen Job.«

»In der Stadt gibt es jede Menge Jobs. Gehen Sie zum Schalter nebenan.«

»Ich kann keinen Job in der Stadt gebrauchen.«

Der Mann hinter dem Pult sah David abschätzend an, und David konnte den Blick ohne Schwierigkeiten deuten. Männer reisten aus vielen Gründen zum Mars; einer davon bestand darin, daß die Erde zu unbequem geworden war. Wenn eine Fahndungsmeldung wegen eines Flüchtigen abgesetzt wurde, kämmte man die Städte auf dem Mars sorgfältig durch (schließlich gehörten sie zur Erde), aber auf den Farmen wurde ein gejagter Mann nie aufgespürt. Für die Landwirtschaftssyndikate war der beste Farmboy einer, der sich nicht traute, mal woanders hinzugehen. Über solche Leute hielten sie eine schützende Hand. Man legte keinen gesteigerten Wert darauf, sie an die halbwegs abgelehnten und mehr als nur halbwegs verachteten Erdbehörden zu verlieren.

»Name?« sagte der Schreiber, die Augen auf das Formular geheftet.

»Dick Williams«, gab David zurück. Es war der gleiche Name, unter dem er sein Schiff angedockt hatte.

Der Schreiber fragte nicht nach dem Ausweis. »Wo kann ich Sie erreichen?«

»Landis Hotel, Zimmer 212.«

»Haben Sie überhaupt Erfahrung mit niedrigen Schwerkraftverhältnissen?«

Die Befragung zog sich hin. Die meisten der Kästchen mußten frei bleiben. Der Schreiber seufzte, schob das Formular in einen Schlitz, automatisch wurde es auf Mikrofilm aufgenommen und fand auf diese Weise Eingang in die Zentralkartei der Vermittlungsstelle.

Er sagte: »Ich werde Ihnen Bescheid geben.« Aber hoffnungsvoll klang seine Stimme nicht.

David wandte sich ab. Er hatte nicht damit gerechnet, daß sich etwas Greifbares ergeben würde, aber wenigstens hatte er sich als einigermaßen ordnungsgemäßer Arbeitsuchender etabliert. Der nächste Schritt...

Er fuhr herum. Drei Männer betraten das Arbeitsamt,

und der kleine Bursche, Bigman, war wütend von seinem Stuhl aufgesprungen. Nun stand er ihnen gegenüber. Die Arme hielt er locker über seinen Hüften, obgleich David keine Waffe an ihm bemerkt hatte.

Die drei Männer verharrten, und einer der beiden, die den Schluß bildeten, lachte auf und sagte: »Sieht ganz so aus, als wäre es Bigman, die mörderische Maus. Vielleicht sucht er Arbeit, Boß.« Der Redner hatte ein Paar breite Schultern, die Nase war flach an den Schädel gedrückt. In seinem Mund steckte eine völlig zerkaute unangezündete Zigarre aus grünem Marstabak, außerdem brauchte er dringend eine Rasur.

»Still, Griswold«, sagte der vordere Mann. Er neigte zur Fettleibigkeit, war nicht sonderlich groß, und die weiche Haut auf Hals und Wangen wirkte aalglatt. Sein Overall war natürlich marstypisch, aber aus viel besserem Material als bei den anwesenden Farmboys. Seine Hüftstiefel wiesen ein Spiralenmuster in Rosa und Lila auf.

Auf allen seinen späteren Marsreisen sah David Starr niemals zwei Paar Stiefel mit gleichem Muster. Er stieß auch nie auf Stiefel, die nicht schreiend bunt waren. Es war das Zeichen der Individualität unter den Farmboys.

Bigman trat auf die drei zu, sein kleiner Brustkasten schwoll an, das Gesicht wutverzerrt. Er sagte: »Ich will meine Papiere von dir, Hennes. Sie stehen mir zu.«

Der dickliche Mann vorne war Hennes, leise sagte er: »Du hast keine Papiere verdient, Bigman.«

»Ohne anständige Papiere kann ich keinen Job kriegen. Ich habe zwei Jahre für dich gearbeitet und mein Soll erfüllt.«

»Du hast verflucht mehr als nur dein Soll erfüllt. Aus dem Weg.« Er stapfte an Bigman vorbei, näherte sich dem Pult und sagte: »Ich brauche einen erfahrenen Säer – einen guten. Ich will jemanden, der so groß ist, daß man ihn auch sehen kann. Muß einen kleinen Jungen ersetzen, den ich rausschmeißen mußte.«

Bigman war getroffen. »Beim All«, giftete er, »du hast recht, ich hab' mehr als mein Soll erfüllt. Ich war im Dienst, als ich es nicht sein sollte, meinst du wohl. War lange genug auf Wache, um zu sehen, wie du Hals über Kopf um Mitternacht in die Wüste gefahren bist. Nur am nächsten Morgen wußtest du nichts mehr davon, außer daß ich rausgeflogen bin, nur weil ich darauf angespielt habe, und ohne Arbeitspapiere...«

Hennes schaute verärgert über die Schulter. »Griswold«, sagte er, »schmeiß den Dummkopf raus.«

Bigman wich nicht zurück, obwohl Griswold ihn in Einzelteile zerlegen konnte. Er sagte mit hoher Stimme: »In Ordnung, aber einer nach dem anderen.«

Jetzt bewegte sich David Starr. Sein elastischer Gang wirkte täuschend langsam.

Griswold sagte: »Du stehst mir im Weg, Junge. Ich muß etwas Müll rauswerfen.«

Hinter Davids Rücken rief Bigman laut: »Geht schon in Ordnung, Erdie, laß ihn nur kommen.«

David überhörte das. Er sagte an Griswold gewandt: »Das scheint hier ein öffentliches Gebäude zu sein. Wir haben alle das Recht, hier zu sein.«

»Laß uns nicht streiten«, gab Griswold zurück. Er legte eine Hand rauh auf Davids Schulter, als ob er ihn zur Seite schleudern wollte.

Davids linke Hand schoß hoch und umklammerte das Handgelenk von Griswolds ausgestrecktem Arm, während seine Rechte die Schulter des Mannes durchdrückte. Griswold kreiselte zurück und krachte hart gegen die Plastiktrennwand, die den Raum unterteilte.

»Ich *will* mich aber streiten«, sagte David.

Mit einem Schrei war der Schreiber aufgesprungen. Andere Büroangestellte schwärmten auf die Öffnungen in der Trennwand zu, machten aber keine Anstalten einzugreifen. Bigman lachte und klopfte David auf den Rücken. »Ganz ordentlich für einen Burschen von der Erde.«

Einen Augenblick lang schien Hennes wie erstarrt zu sein. Der andere Farmboy ließ seinen Mund lächerlich weit aufklappen. Er war klein und bärtig und hatte das teigige Gesicht eines Mannes, der zuviel Zeit unter der kleinen Sonne des Mars und nicht genügend unter den künstlichen Höhensonnen der Stadt zugebracht hatte.

Griswold kam langsam zu Atem. Er schüttelte den Kopf. Die Zigarre war auf den Boden gefallen, er trat sie zur Seite. Dann sah er auf, und seine Augen weiteten sich vor Wut. Er stieß sich von der Wand ab, ein kurzer Stahlschimmer blitzte auf und wurde wieder von seiner Handfläche verschluckt.

David wich zur Seite aus und hob den Arm. Ein kleiner abgewinkelter Zylinder, der normalerweise sicher zwischen Oberarm und Körper ruhte, schoß den Ärmel hinunter und landete in seiner griffbereiten Hand.

Hennes schrie auf: »Paß auf, was du tust, Griswold. Er hat einen Blaster.«

»Laß die Klinge fallen«, sagte David.

Griswold fluchte wild, aber das Metall klapperte zu Boden. Bigman schoß wie der Blitz vor und hob die Klinge auf, wobei er glucksend über die unangenehme Lage des Stoppelgesichtigen lachte.

David streckte die Hand danach aus und warf einen kurzen Blick darauf. »Niedliches, harmloses Spielzeug für einen Farmboy« bemerkte er. »Was sagt das Gesetz auf dem Mars über das Tragen von Kraftdolchen?«

Er wußte, daß es die bösartigste Waffe der Milchstraße war. Äußerlich war sie nicht mehr, als ein kurzer Griff aus rostfreiem Stahl, ein kleines bißchen dicker als ein normaler Messergriff, der dennoch gut in der Hand lag. Im Inneren befand sich ein winziger Generator, der ein unsichtbares 18 Zentimeter langes rasiermesserscharfes Kraftfeld aufbauen konnte, das alles, was aus normaler Materie bestand, durchtrennen konnte. Rüstungen waren dagegen sinnlos, und da es genauso leicht durch Knochen glitt wie durch Fleisch, war sein Stich fast unweigerlich tödlich.

Hennes trat zwischen sie und sagte: »Wo ist deine Blasterlizenz, Erdie? Steck ein, und wir lassen es dabei bewenden. Geh zurück, Griswold.«

»Moment mal«, wandte David ein, als Hennes sich abwandte. »Sie suchen doch einen Mann, oder nicht?«

Hennes drehte sich wieder um, seine Augenbrauen hoben sich amüsiert. »Ja, ich suche einen Mann.«

»In Ordnung, ich suche eine Stelle.«

»Ich brauche einen erfahrenen Säer. Bist du das?«

»Eigentlich nicht.«

»Hast du schon mal geerntet? Kannst du mit einem Sandbuggy umgehen? Mit einem Wort, deiner Kleidung nach zu urteilen...« Dabei trat er einen Schritt zurück, als wolle er sich einen besseren Gesamteindruck verschaffen »...bist du ein Erdbewohner, der zufällig gut mit einem Blaster umgehen kann. Ich kann dich nicht gebrauchen.«

»Nicht mal dann«, Davids Stimme sank zu einem Flüstern ab, »wenn ich Ihnen sagen würde, daß ich an Nahrungsmittelvergiftungen interessiert bin?«

Hennes' Gesicht veränderte sich nicht; er blinzelte nicht einmal mit den Augen. »Ich verstehe nicht, worauf du hinauswillst«, sagte er dann.

»Strengen Sie sich mal an.« Er lächelte, von Humor konnte dabei keine Rede sein.

Hennes sagte: »Die Arbeit auf einer Marsfarm ist nicht von Pappe.«

»Ich bin auch nicht von Pappe«, gab David zurück.

Der andere betrachtete die durchtrainierte Gestalt vor sich. »Vielleicht bist du das wirklich nicht. Okay, wir geben dir Unterkunft und Verpflegung, du bekommst drei Sätze Kleidung und ein Paar Stiefel. Fünfzig Dollar im ersten Jahr, zahlbar am Ende des Jahres. Falls du das Jahr nicht durcharbeitest, verfallen die 50.«

»Hört sich vernünftig an. Was für Arbeit?«

»Die einzige, die du machen kannst. Mädchen für alles in der Küche. Falls du dazulernst, wirst du befördert, wenn nicht, bleibst du das ganze Jahr lang dort.«

»Gemacht. Was ist mit Bigman?«

Bigman hatte sie abwechselnd angestarrt und mäkelte: »Nein, für diesen Sandfloh arbeite ich nicht, und dir würde ich ebenfalls abraten.«

David sagte über die Schulter: »Wie wär's mit einer Kurzanstellung im Tausch gegen die Arbeitspapiere?«

»Na ja«, überlegte Bigman, »einen Monat vielleicht.«

Hennes sagte: »Ist er ein Freund von dir?«

»Ja. Ohne ihn komme ich nicht.«

»Dann nehme ich ihn auch. Einen Monat, und er soll den Mund halten. Keine Bezahlung, nur die Papiere. Los, raus hier, mein Sandbuggy steht vor der Tür.«

Die fünf verließen den Raum, David und Bigman bildeten den Schluß.

Bigman meinte: »Ich schulde dir einen Gefallen. Wann immer du willst.«

Der Sandbuggy war im Augenblick ohne Verdeck, aber David konnte die Nuten sehen, in die man die Scheiben einsetzen konnte, um sich vor den Stauborkanen auf dem Mars zu schützen. Die Räder waren breit, um das Absinken beim Überqueren weicher Verwehungen so gering wie möglich zu halten. Die Glasfläche war auf ein Minimum begrenzt und, wo vorhanden, derart mit dem umgebenden Metall verbunden, daß es den Anschein hatte, als ob beides zusammengeschweißt war.

Die Straßen waren mäßig belebt, aber niemand zollte dem sehr alltäglichen Anblick eines mit Farmboys besetzten Sandbuggys die geringste Aufmerksamkeit.

»Wir sitzen vorne, du und dein Freund, ihr könnt hinten Platz nehmen Erdbewohner«, sagte Hennes.

Während er sprach, hatte er sich auf dem Fahrersitz niedergelassen. Die Bedienungseinrichtungen befanden sich in der Mitte der Frontpartie, die Scheiben waren darüber installiert. Griswold bezog auf dem Sitz rechts neben Hennes Position. Bigman kletterte auf den Rücksitz, und David kam hinterher. Jemand war hinter ihm. David drehte sich halb um, da rief Bigman plötzlich: »Paß auf!«

Da war der zweite von Hennes' Spießgesellen, der nun in der Wagentür kauerte, das teigige, bärtige Gesicht zu einer knurrenden Grimasse verzerrt. David bewegte sich schnell, aber es war viel zu spät.

Das letzte was er sah, war die glitzernde Mündung einer Waffe, und dann vernahm er ein leises schirrendes Geräusch. Zu fühlen war kaum etwas, eine ferne, weit entfernte Stimme sagte: »In Ordnung, Zukis. Hinten rein und aufgepaßt.« Die Worte hörten sich an, als kämen sie vom anderen Ende eines langen Tunnels. Dann war da noch ein letztes kurzlebiges Gefühl einer Vorwärtsbewegung und danach das vollständige Nichts.

David Starr sank in seinem Sitz nach vorne, und die letzten Lebensgeister verflüchtigten sich.

IV

THEORIEN

Verwaschene Lichtflecken flossen an David Starr vorüber. Langsam wurde er sich eines den ganzen Körper durchströmenden Prickelns bewußt. Dazu kam ein Druck im

Rücken, der sich daraus erklärte, daß er mit dem Gesicht nach oben auf einer harten Matratze lag. Er wußte, daß das Prickeln die Nachwirkung der Betäubungspistole war. Hierbei handelte es sich um eine Waffe, deren Strahlung auf das Nervenzentrum im Kleinhirn wirkte.

Bevor die Lichtflecken zusammenwuchsen und bevor er sich seiner Umgebung vollständig bewußt war, fühlte er, wie an seiner Schulter gerüttelt wurde, und entfernt nahm er den Schmerz heftiger Ohrfeigen war. Das Licht ergoß sich in seine geöffneten Augen, und er brachte seinen prickelnden Arm hoch, um den nächsten Schlag abzuwehren.

Bigman stand über ihn gebeugt, sein kleines frettchenhaftes Gesicht mit der runden stumpfen Nase darin, berührte fast das seine. »Bei Ganymed, ich dachte schon, sie hätten dich für immer erledigt«, sagte er.

David stemmte sich auf seinem schmerzenden Ellenbogen hoch. »Es fühlt sich fast so an, als hätten sie das tatsächlich getan«, sagte er. »Wo sind wir?«

»Im Farmgefängnis. Zu versuchen, hier herauszukommen, ist zwecklos. Die Türen sind abgeschlossen, die Fenster vergittert.« Er machte einen niedergeschlagenen Eindruck.

David fühlte unter seinen Armen nach. Man hatte seine Blaster entfernt. Logisch! Das war schließlich zu erwarten gewesen. »Haben sie dich auch betäubt, Bigman?« fragte er.

Bigman schüttelte den Kopf. »Zukis hat mich mit dem Knauf flachgelegt.« Mit sachtem Widerwillen betastete er eine Stelle an seinem Schädel. Dann blies er sich auf: »Aber vorher hab' ich ihm fast den Arm gebrochen.«

Draußen vor der Tür ertönten Schritte. David saß aufrecht da und wartete. Hennes trat ein, und in seiner Begleitung befand sich ein älterer Mann mit langem, müdem Gesicht. Hervorgerufen wurde dieser Eindruck durch die verblaßten blauen Augen unter buschigen grauen Brauen, die aussahen, als seien sie ständig zusammengezogen. Er trug Stadtkleidung, wie sie auf der Erde üblich war. Ihm fehlten sogar die Hüftstiefel.

Hennes redete erst Bigman an. »Los, ab zum Küchenbau und beim ersten nicht erlaubten Niesen wirst du in Einzelteile zerlegt.«

Bigman knurrte, winkte David »seh dich später Erdbewohner«, zu und stolzierte mit klappernden Stiefeln hinaus.

Hennes schaute ihm nach und schloß die Tür wieder hinter sich ab. Er wandte sich an den Mann mit den grauen Augenbrauen. »Das ist er, Mr. Makian. Er nennt sich Williams.«

»Ihn zu betäuben, war ein Risiko, Hennes. Hätten sie ihn umgebracht, wäre vielleicht eine wertvolle Spur im Kanalsand verlaufen.«

Hennes zuckte die Achseln. »Er war bewaffnet. Wir konnten kein Risiko eingehen. Jedenfalls ist er jetzt hier.«

Sie redeten über ihn, dachte David, als wäre er gar nicht anwesend, oder nur ein lebloser Bestandteil des Bettes.

Makian hatte harte Augen, er wandte sich ihm zu. »Du da, mir gehört diese Ranch. Über hundert Meilen in allen Himmelsrichtungen heißt alles Makian. Ich bestimme hier, wer frei rumläuft und wer im Loch sitzt, wer arbeitet und wer hungert, sogar wer hier lebt oder stirbt. Hast du mich verstanden?«

»Ja«, sagte David.

»Antworte frei von der Leber weg, dann brauchst du keine Angst zu haben. Versuche etwas zu verheimlichen, und wir werden es auf die eine oder andere Weise aus dir rausholen. Dabei müßten wir dich vielleicht töten. Verstehst du mich immer noch?«

»Völlig.«

»Heißt du Williams?«

»Das ist der einzige Name, den ich auf dem Mars angeben werde.«

»Ist recht. Was weißt du über Nahrungsmittelvergiftung?«

David schwang seine Füße vom Bett. Er sagte: »Sehen Sie, meine Schwester ist an einem Marmeladenbrötchen gestorben. Sie war zwölf und hat tot dagelegen, die Marmelade noch im Gesicht. Wir haben den Arzt gerufen. Er sagte, daß es eine Nahrungsmittelvergiftung sei und ordnete an, von dem, was im Haus war, so lange nichts zu essen, bis er mit bestimmten Analysegeräten wiederkommen würde. Er ist nie wieder aufgetaucht. Statt dessen kam jemand anders. Jemand mit viel Einfluß. Er hatte Kriminalbeamte in Zivil dabei. Er ließ uns alles beschreiben, was vorgefallen war. Es sei ein Herzanfall, erklärte er uns. Wir antworteten, das sei lächerlich, weil meine Schwester nichts am Herzen hatte, aber er hörte uns nicht einmal zu. Wir würden Schwierigkeiten bekommen sagte er, falls wir lächerliche Geschichten über Lebensmittelvergiftungen in Umlauf bringen würden. Dann hat er das Marmeladenglas eingesteckt. Er war sogar wütend auf uns, weil wir meiner Schwester die Marmelade von den Lippen gewischt hatten. Ich habe dann versucht, mit unserem Arzt zu sprechen, aber seine Sprechstundenhilfe hat ihn immer verleugnet. Ich bin dann in sein Büro eingebrochen und hab ihn dort gefunden, aber er war nur bereit zu sagen, daß er eine Fehldiagnose gestellt habe. Er schien sich zu fürchten, darüber zu sprechen. Ich bin zur Polizei gegangen, aber die haben gar nicht zugehört. Die Marmelade, die die Männer mitgenommen haben, war das einzige von dem meine Schwester an dem Tag gegessen hatte und der Rest der Familie nicht. Das Glas war frisch aufgemacht worden und stammte vom Mars. Wir sind altmodische Leute und essen gern herkömmliche Speisen. Die Marmelade war das einzige Marsprodukt im Haus. Über die Zeitungen versuchte ich herauszufinden, ob es anderswo noch Fälle von Lebensmittelvergiftungen gegeben hat. Es kam mir alles so verdächtig vor. Sogar nach International City bin ich gegangen. Ich habe meine Stelle aufgegeben und beschlossen, irgendwie herauszufinden, was meine Schwester getötet hat und wollte versuchen, jeden, der dafür verantwortlich sein konnte, zu erledigen. Überall Fehlanzeige, und dann kam auf einmal die Polizei mit einem Haftbefehl für mich. Damit hatte ich schon fast gerechnet, und bin ihnen einen Schritt voraus gewesen. Zum Mars bin ich aus zwei Gründen gekommen. Einmal war es die Möglichkeit, nicht im Gefängnis zu landen – obwohl es nun nicht so aussieht –, und zweitens habe ich doch etwas herausgefunden. In den Restaurants von International City hat es einige merkwürdige Todesfälle gegeben. Und jedesmal in einem Restaurant, das Marsspezialitäten serviert. Deswegen kam ich zu dem Schluß, daß die Antwort auf dem Mars zu suchen ist.«

Makian fuhr mit seinem dicken Daumen den langen Umriß seines Kinns entlang. »Die Geschichte hat Hand und Fuß, was meinen Sie dazu, Hennes?« sagte er.

»Ich finde, wir sollten uns die Unterlagen verschaffen und die Geschichte nachprüfen. Wir wissen nicht, wer der Mann ist.«

Makians Stimme klang beinahe streitsüchtig. »Sie wissen genau, daß wir das nicht tun können, Hennes. Ich will nichts unternehmen, wodurch dieser Mist bekannt werden könnte. Dadurch würde das gesamte Syndikat zusammenbrechen.« Er wandte sich David zu. »Ich werde Benson herschicken, er kann sich mit dir unterhalten. Benson ist unser Agronom.« Dann, wieder an Hennes gewandt: »Sie bleiben hier, bis Benson da ist.«

*

Es dauerte ungefähr eine halbe Stunde bis Benson erschien. In der Zwischenzeit flätzte sich David auf dem Bett und ignorierte Hennes, der sich seinerseits ebenso verhielt.

Dann öffnete sich die Tür, und eine Stimme sagte: »Ich bin Benson.« Es war eine sanfte, zögernde Stimme, die zu einer rundgesichtigen Person um die Vierzig gehörte. Er hatte lichter werdendes sandfarbenes Haar und trug eine randlose Brille. Sein kleiner Mund verzog sich zu einem Lächeln.

»Und Sie sind Williams, nehme ich an«, fuhr Benson fort.

»Stimmt genau«, bestätigte David Starr.

Benson musterte den jungen Erdbewohner sorgfältig, als wolle er ihn mit Blicken analysieren. »Neigen Sie zu Gewalttätigkeiten?«, fragte er.

»Ich bin unbewaffnet«, stellte David klar, »und um mich herum ist eine Farm voll von Männern, die gerne bereit sind, mich auszulöschen, falls ich mich danebenbenehme.«

»Stimmt auffallend. Würden Sie uns allein lassen, Hennes?«

Hennes sprang protestierend auf. »Das ist nicht ungefährlich, Benson.«

»Bitte, Hennes.«

Bensons milde Augen schauten über die Brillengläser hinweg.

Hennes knurrte vor sich hin, schlug verärgert mit einer Hand gegen den Stiefel und ging zur Tür hinaus. Benson schloß hinter ihm ab.

»Sie müssen das verstehen, Williams, im letzten halben Jahr bin ich hier ein wichtiger Mann geworden. Selbst Hennes hört auf mich. Daran habe ich mich noch nicht gewöhnt.« Er lächelte erneut. »Sagen Sie, Mr. Makian behauptet, Sie seien tatsächlich Zeuge bei einer dieser seltsamen Lebensmittelvergiftungen gewesen.«

»Meine Schwester.«

»Oha!« Benson errötete. »Das tut mir furchtbar leid. Mir ist klar, daß es ein schreckliches Thema für Sie sein muß, aber könnten Sie mir Einzelheiten erzählen? Es ist sehr wichtig.«

David wiederholte die Geschichte, die er Makian vorher schon erzählt hatte.

Benson hakte nach: »Und es ist so schnell gegangen?«

»Höchstens fünf oder zehn Minuten, nachdem sie gegessen hatte.«

»Schrecklich, schrecklich. Sie machen sich keine Vorstellung, wie beunruhigend das alles ist.« Er rieb sich nervös die Hände.

»Wie dem auch sei, Williams, ich möchte Ihnen den Hintergrund der ganzen Angelegenheit erklären. Sie haben das meiste ohnehin schon erraten, und irgendwie fühle ich mich wegen dem, was mit ihrer Schwester passiert ist, Ihnen gegenüber verantwortlich. Bis wir das Rätsel gelöst haben, sind wir hier auf dem Mars alle dafür verantwortlich. Das mit den Vergiftungen geht jetzt schon seit Monaten so, müssen Sie wissen. Es sind nicht viele, aber es reicht aus, uns mit unserem Latein am Ende sein zu lassen.

Wir haben die vergifteten Produkte zurückverfolgt und sind sicher, daß sie nicht von einer bestimmten Farm stammen. Aber eins steht fest, sie sind alle von Wingard City aus verschifft worden. Die beiden anderen Städte auf dem Mars sind bisher sauber geblieben. Das scheint darauf hinzudeuten, daß die Infektionsquelle in der Stadt zu suchen ist, Hennes geht von dieser Annahme aus. Er hat sich angewöhnt, in die Stadt zu fahren und auf eigene Faust Detektiv zu spielen. Herausgefunden hat er bislang aber nichts.«

»Verstehe. Das erklärt Bigmans Bemerkung«, sagte David.

»Eh?« Auf Bensons Gesicht zeichnete sich Verwirrung ab, dann glätteten sich seine Züge wieder. »Oh, Sie meinen den kleinen Kerl, der von morgens bis abends herumschreit. Ja, er hat Hennes einmal beim Wegfahren ertappt, woraufhin der ihn rausschmeißen ließ. Hennes ist ein äußerst impulsiver Mann. Ich jedenfalls glaube, daß er sich irrt. Natürlich geht das Gift durch Wingard City. Das ist schließlich ja der Umschlagplatz der gesamten Hemisphäre. Mr. Makian geht davon aus, daß die Infizierung vorsätzlich von Menschen betrieben wird. Er und einige Syndikatsmitglieder haben jedenfalls Mitteilungen empfangen, in denen angeboten wurde, ihre Farmen für lächerlich geringe Summen aufzukaufen. Gift wird darin nicht erwähnt, und gibt auch keinen irgendwie gearteten Anhaltspunkt dafür, daß zwischen den Kaufangeboten und dieser schrecklichen Sache ein Zusammenhang besteht.«

David hörte gespannt zu. »Und wer macht diese Kaufangebote?« fragte er.

»Wie sollen wir das wissen? Ich habe die Briefe gesehen, es steht nur drin, daß das Syndikat für den Fall, daß es annehmen will, eine verschlüsselte Mitteilung auf einer bestimmten UKW-Frequenz abgeben soll. Das Preisangebot, so steht in den Noten, werde jeden Monat um zehn Prozent sinken.«

»Und die Briefe lassen sich nicht zurückverfolgen?«

»Leider nicht. Sie durchlaufen den normalen Postweg mit einer Asteroidenmarke darauf. Wie soll man den Asteroidengürtel absuchen?«

»Ist die Planetarische Polizei unterrichtet worden?«

Benson lachte leise. »Glauben Sie vielleicht, daß Mr. Makian oder ein anderes Syndikatsmitglied für so etwas die Polizei rufen würde? Es ist eine persönliche Kriegserklärung. Sie machen sich über die Mentalität der Marsbewohner falsche Vorstellungen, Mr. Williams. Hier läuft man nicht zur Polizei, wenn man in Schwierigkeiten ist; es sei denn, man muß zugeben, daß es sich um etwas handelt, mit dem man selbst nicht mehr fertig wird. Ich habe vorgeschlagen, daß dem Wissenschaftsrat die Angelegenheit unterbreitet wird, selbst davon wollte Mr. Makian nichts wissen. Er sagte, der Rat arbeite erfolglos an dem Vergiftungsphänomen, und falls sie die verdammten Trottel seien, für die er sie halte, könne er ohne sie fertig werden. Und hier komme ich ins Spiel.«

»Sie arbeiten auch an den Vergiftungen?«

»Ja, ich bin der Agronom.«

»Das ist die Bezeichnung, die Mr. Makian Ihnen gegeben hat.«

»Oho. Genau gesagt ist ein Agronom jemand, der sich wissenschaftlich mit der Landwirtschaft beschäftigt. Ich bin in den Grundzügen der Fruchtbarkeitserhaltung, der Mehrfelderwirtschaft und dergleichen ausgebildet worden. Ich habe mich von jeher auf Marsprobleme spezialisiert. Von meiner Sorte gibt es nicht viele, deswegen kann man cine ziemlich gute Stellung bekommen, selbst wenn die Farmboys manchmal die Geduld mit einem verlieren und meinen, wir seien nur Deppen von der Uni ohne praktische Kenntnisse. Ich habe außerdem eine zusätzliche Ausbildung in Botanik und Bakteriologie. Mr. Makian hat mich deshalb zum Leiter des gesamten Forschungsprogramms für die Giftfälle auf dem Mars gemacht. Die übrigen Syndikatsmitglieder machen mit.«

»Was haben Sie herausgefunden, Mr. Benson?«

»Im Grunde genausowenig wie der Wissenschaftsrat, was nicht weiter verwunderlich ist, wenn man bedenkt, wie schlecht es um meine technische Ausrüstung und meine Hilfskräfte im Vergleich zum Rat steht. Aber ich habe bestimmte Theorien entwickelt. Der Vergiftungsvorgang läuft so schnell ab, daß es sich dabei nur um einen bakteriellen Giftstoff handeln kann. Zumindest wenn man den stattfindenden Nervenverfall und die anderen Symptome berücksichtigt. Ich tippe auf Marsmikroben.«

»Es *gibt* marseigenes Leben, wissen Sie. Als die ersten Menschen von der Erde hier heraufkamen, gab es einfache Lebensformen auf dem Mars. Da waren riesige Algenkulturen, deren blaugrüne Farbe mit Teleskopen gesichtet worden war, lange bevor es Raumfahrt gab. Es gab bakterielle Lebensformen, die auf den Algen lebten und sogar insektenartige Lebewesen, die sich frei bewegten, aber wie Pflanzen ihre eigene Nahrung produzierten.«

»Gibt es die immer noch?«

»Aber natürlich. Wir eliminieren sie vollständig, bevor wir das Gebiet für unsere Kulturen umwandeln und unsere eigenen Bakterienstämme ansetzen, die nötig sind, um den Pflanzenwuchs zu ermöglichen. Außerhalb der Anbaugebiete blüht und gedeiht das Marsleben aber immer noch.«

»Aber wie können Sie dann unsere Pflanzen beeinträchtigen?«

»Eine gute Frage. Sehen Sie, Marsfarmen sind nicht so wie die Anbaugebiete, die Sie von der Erde her kennen. Auf dem Mars sind die Farmen nicht für Sonne und Luft offen. Die Sonnenstrahlung hier reicht für Erdpflanzen nicht aus, und es regnet nicht. Aber es ist guter, fruchtbarer Boden, und es gibt ausreichend Kohlendioxyd, von denen die Pflanzen in erster Linie leben. Also werden die Pflanzen unter riesigen Glasdächern gehalten. Aussaat, Pflege und Ernte erfolgen fast vollautomatisch, von daher sind unsere Farmboys mehr Maschinisten als alles andere. Die Farmen werden durch ein planetenweites Röhrensystem, das sich bis zu den Polkappen erstreckt, künstlich bewässert. Ich erzähle Ihnen das alles, damit Sie verstehen, wie schwierig es ist, die Pflanzen von außen zu infizieren. Die Felder sind zu allen Seiten hin bewacht und abgeschlossen, außer nach unten.«

»Damit will ich sagen, daß unter uns die berühmten Marshöhlen liegen, und in ihnen könnten sich intelligente Marsbewohner aufhalten.«

»Sie meinen Mars*menschen?*«

»Keine Menschen. Aber Organismen, die genauso intelligent wie Menschen sind. Ich habe Grund zu der Annahme, daß intelligente Marsbewohner *existieren*, die wahrscheinlich bestrebt sind uns irdische Eindringlinge von ihrem Planeten zu vertreiben.«

V

ESSEN FASSEN!

»Was für Gründe?« wollte David wissen.

Benson machte einen peinlich berührten Eindruck. Er strich sich mit einer Hand langsam über den Kopf und glättete dabei seine spärlichen hellen Haarsträhnen, die jedoch nicht ausreichten, um die rosa Kopfhaut dazwischen zu verbergen. »Keine, mit denen ich den Wissenschaftsrat überzeugen könnte. Nichts, mit dem ich wenigstens Mr. Makian kommen könnte. Aber ich glaube, daß ich recht habe.«

»Wollen Sie mit mir darüber reden?«

»Nun, ich weiß nicht. Ehrlich gesagt ist es lange her, daß ich mich mit jemand anders als mit Farmboys unterhalten habe. Sie haben offensichtlich studiert. In welchem Fach haben Sie Ihr Examen gemacht?«

»In Geschichte«, antwortete David prompt. »Meine Diplomarbeit befaßte sich mit Aspekten der Außenpolitik im frühen Atomzeitalter.«

»Oh!« Benson machte einen enttäuschten Eindruck. »Haben Sie überhaupt keine naturwissenschaftlichen Vorlesungen besucht?«

»Zwei in Chemie und eine in Zoologie.«

»Verstehe. Ich habe mir durch den Kopf gehen lassen, ob es nicht vielleicht möglich wäre, Mr. Makian dazu zu überreden, daß Sie mir in meinem Labor zur Hand gehen. Keine weltbewegende Arbeit, insbesondere da Sie keine naturwissenschaftliche Ausbildung haben, aber es wäre besser als das, was Hennes Ihnen zu tun geben wird.«

»Danke, Mr. Benson. Aber was ist nun mit den Marsbewohnern?«

»Ach ja, das ist ganz einfach. Sie wissen es vielleicht nicht, aber unter der Oberfläche liegen ausgedehnte Höhlen, möglicherweise mehrere Meilen tief. Das wissen wir durch Meßdaten von Erdbeben oder besser gesagt, Marsbeben. Einige Forscher vertreten den Standpunkt, daß es sich dabei lediglich um das Ergebnis natürlicher Wassererosion aus der Zeit handelt, als es noch Ozeane auf dem Mars gab. Aber es sind Strahlungen aus dem Marsinneren aufgefangen worden, die von anderen Intelligenzen stammen müssen und nicht von Menschen herrühren können. Die Signale sind zu regelmäßig, als daß eine andere Erklärung möglich scheint. Wenn man mal in Ruhe darüber nachdenkt, ist es eigentlich verständlich. In der Frühzeit des Planeten gab es in ausreichender Menge Wasser und Sauerstoff, um Leben zu ermöglichen, aber da die Gravitation um drei Fünftel kleiner als die der Erde ist, sind beide Substanzen langsam ins All entwichen. Falls es intelligente Marsbewohner gegeben hat, dann hätten sie in der Lage sein müssen, das vorauszusehen. Vielleicht haben sie riesige Höhlen tief unter der Oberfläche angelegt, in die sie sich mit ausreichend Wasser und Luft zurückziehen konnten, um dort für alle Zeiten weiterzuleben, vorausgesetzt, sie halten ihre Bevölkerung auf einem konstanten Niveau. Nun nehmen Sie einmal an, diese Marsbewohner finden heraus, daß es auf der Oberfläche des Planeten wieder intelligente Lebewesen gibt – Lebewesen von einem anderen Planeten. Weiter angenommen, das paßt ihnen nicht, oder sie befürchten, daß wir sie bedrohen könnten – was wir Nahrungsmittelvergiftung nennen, könnte bakteriologische Kriegsführung sein.«

»Ja, ich kann Ihren Ansatz nachvollziehen«, sagte David nachdenklich.

»Aber das Syndikat oder der Wissenschaftsrat würden die das auch können? Na, ist nicht so wichtig. Ich werde dafür sorgen, daß Sie bald für mich arbeiten, und vielleicht gelingt es uns gemeinsam, sie doch noch zu überzeugen.«

Er lächelte und streckte eine weichliche Hand aus, die in David Starrs großer Faust verschwand.

»Ich glaube, man wird Sie nun herauslassen«, bemerkte Benson.

Sie ließen ihn heraus, und zum ersten Mal konnte David das Herzstück einer Marsfarm in Augenschein nehmen. Natürlich war es genau wie die Stadt überkuppelt. Darüber war sich David von dem Augenblick an, als er wieder zu sich gekommen war, klargewesen. Man konnte nicht erwarten, Luft zu atmen und unter Erdschwerkraft zu leben, ohne sich in einer mit Energie versorgten Kuppel zu befinden.

Selbstverständlich war der Dom viel kleiner als der über der Stadt. Die Höhe des Scheitelpunkts betrug höchstens dreißig Meter. Deutlich war die durchsichtige Struktur in allen Einzelheiten zu erkennen, weiß fluoreszierende Lampenketten überstrahlten das durchfallende Sonnenlicht. Der gesamte Überbau bedeckte ungefähr eine halbe Quadratmeile.

Aber nach dem ersten Abend hatte David nur noch wenig Muße, seinen Beobachtungen nachzugehen. Die Farmglocke schien von Menschen zu wimmeln, und alle mußten dreimal am Tag abgefüttert werden. Ganz besonders abends, nachdem das Tagwerk verrichtet war, schien die Menge kein Ende nehmen zu wollen. Während die Farmboys sich mit Plastiktellern in den Händen an ihm vorbeibewegten, stand er stur hinter der Essensausgabe. David fand schließlich heraus, daß die Teller extra für den Gebrauch auf Marsfarmen angefertigt wurden. Durch die Körperwärme der Hände konnten sie verformt und wenn nötig, um das Gericht herum abgedichtet werden, zum Beispiel dann, wenn man Mahlzeiten in die Wüste hinaus transportieren mußte. So gelangte kein Sand hinein, und die Wärme blieb erhalten. Innerhalb der Farmglocke konnte man die Teller wieder glätten und normal verwenden.

Die Farmboys schenkten David wenig Aufmerksamkeit. Nur Bigman, dessen zerbrechliche Gestalt zwischen den Tischen herumhuschte, um die Soßenflaschen und Gewürzständer auszuwechseln, winkte ihm zu. Für den kleinen Burschen war das ein furchtbarer sozialer Abstieg gewesen, aber er nahm es gelassen hin.

»Es ist nur für einen Monat«, sagte er einmal in der Küche, als sie Eintopf zubereiteten und der Chefkoch für ein paar Minuten aus persönlichen Gründen verschwunden war, »die meisten Burschen wissen, was vorgefallen ist, und erleichtern mir das Leben. Natürlich gibt es da Griswold, Zukis und deren Haufen, eben die Ratten, die glauben, sie kämen zu etwas, wenn sie Hennes die Stiefel lecken. Aber was macht mir das schon aus, ist ja nur für ein paar Wochen.«

Bei anderer Gelegenheit sagte er: »Mach dir nichts draus, daß die Jungs sich nicht mit dir anfreunden. Sie wissen, daß du von der Erde bist, verstehst du, aber sie wissen nicht wie ich, daß du für einen Erdbewohner ganz in Ordnung bist. Hennes oder Griswold schnüffeln immer hinter mir her, damit ich nicht mit ihnen spreche, sonst wüßten sie besser Bescheid. Sie erfahren es aber schon noch.«

Aber es dauerte. Für David änderte sich nichts: ein Farmboy mit Teller, ein Schlag Kartoffelpüree, ein Löffel Erbsen und ein kleines Steak. (Fleisch gab es auf dem Mars viel seltener als pflanzliche Nahrung, weil es von der Erde importiert werden mußte.) Anschließend nahm sich der Farmboy selbst ein Stück Kuchen und eine Tasse Kaffee. Dann kam der nächste mit seinem Teller, wieder ein Schlag Kartoffelpüree, ein Löffel voll Erbsen und so weiter. Für sie, so schien es, war David Starr nur ein Erdbewohner mit einer Schöpfkelle in der einen und einer großzackigen Gabel in der anderen Hand. Er war noch nicht einmal ein Gesicht, sondern nur eine Schöpfkelle und eine Gabel.

Der Koch steckte den Kopf durch die Tür, seine kleinen Schweinsaugen blinzelten über den Hängebacken. »Hey, Williams, schwing die Keulen und bring Essen in die Sonderkantine.«

Makian, Benson und jene, die für besonders wert erachtet wurden, sei es aus Rücksicht auf ihre Stellung oder weil sie schon lange hier arbeiteten, aßen für sich in einem besonderen Raum. Sie saßen an Tischen, und das Essen wurde ihnen gebracht. David hatte das schon erlebt. Er füllte besondere Teller und schob sie auf einem Serviertisch in den Raum.

Er suchte sich still einen Weg durch die Reihen und fing mit den Tischen an, an denen Makian, Hennes und weitere Männer saßen. Bei Benson hielt er sich länger auf. Der nahm seinen Teller lächelnd entgegen und ließ ein »Wie gehts?« folgen, dann machte er sich mit Appetit über sein Essen her. David wischte mit beflissener Miene einige nicht vorhandene Krümel beiseite. Es gelang ihm, nahe an Bensons Ohr zu gelangen. Seine Lippen bewegten sich so gut wie gar nicht, als er sagte: »Hat sich auf der Farm schon mal jemand vergiftet?«

Benson fuhr beim plötzlichen Klang der Stimme zusammen und schaute schnell in Davids Richtung. Er sah ebenso schnell wieder weg und versuchte dabei unbeteiligt zu wirken. Er schüttelte scharf verneinend den Kopf.

»Das Gemüse stammt vom Mars, oder?« murmelte David.

Eine neue Stimme ertönte im Raum. Es handelte sich um ein rauhes Gegröle vom anderen Ende.

»Beim All, du langer Erdesel, mach voran!«

Es war Griswold, immer noch mit stoppligem Gesicht. Muß sich wohl manchmal doch rasieren, dachte David bei sich, denn die Stoppeln wurden nie länger, aber andererseits war auch nicht zu bemerken, daß sie je kürzer wurden.

Griswold saß am letzten Tisch. Er murmelte immer noch vor sich hin und kochte vor Wut.

Er bleckte die Zähne. »Schaff den Teller rüber, Küchenbubi, zack, zack!«

David tat es, aber ohne sich zu beeilen, Griswold stach schnell mit der Gabel zu. David reagierte noch schneller. Die Gabel schlug laut krachend gegen das Hartplastiktablett.

Das Tablett mit einer Hand balancierend, faßte David Griswolds Ärmel. Sein Griff wurde fester. Die drei anderen am Tisch stießen die Stühle zurück und standen auf.

Davids Stimme war leise, eisig und tonlos, gerade

laut genug, damit Griswold ihn hören konnte. »Laß fallen und bitte anständig um deine Portion, oder du kriegst sie auf einen Schlag.«

Griswold wand sich, aber David hielt ihn fest. Seine Knie im Rücken von Griswolds Stuhl hinderten den Farmboy, sich vom Tisch abzustoßen.

»Höflich fragen«, sagte David. Er war täuschend freundlich. »Wie ein Mann mit guter Kinderstube.«

Griswolds Atem ging schwer. Die Gabel entglitt seinen tauben Fingern. Er knurrte: »Gib mir das Tablett.«

»Ist das alles?«

»Bitte.«

Er spuckte das Wort förmlich aus.

David setzte das Tablett ab und gab die Faust, aus der das Blut gewichen war, frei. Griswold übernahm es mit der anderen Hand und griff nach der Gabel. Vor Wut wie von Sinnen schaute er sich um, aber in den Augen, die ihm begegneten, las er nur Belustigung oder Gleichgültigkeit. Das Leben auf den Marsfarmen war hart, jeder Mann mußte für sich selbst sorgen.

Makian war aufgestanden. »Williams«, rief er.

David trat auf ihn zu. »Sir?«

Makian ging nicht direkt auf das ein, was soeben vorgefallen war, aber er stand einen Augenblick lang da, betrachtete David sorgfältig, ganz so, als würde er ihn zum erstenmal sehen, als ob ihm der Anblick gefalle. »Hättest du Lust, morgen beim Checkup mitzumachen?« fragte er.

»Beim Checkup, Sir? Was ist das?« Er überflog unauffällig den Tisch. Makians Steak war verschwunden, aber seine Erbsen waren übriggeblieben, und das Püree hatte er kaum angerührt. Er hatte anscheinend nicht Hennes' Mumm, der seinen Teller leergegessen hatte.

»Der Checkup ist die monatliche Fahrt durch die ganze Farm, um die Kulturen zu überprüfen. Das ist hier eine alte Sitte. Wir sehen nach, ob es etwaige Glasschäden gegeben hat, in welchem Zustand die Bewässerungsröhren und die Farmmaschinen sind, und ob vielleicht gewildert worden ist. Für den Checkup brauchen wir so viele gute Leute wie möglich.«

»Ich würde gerne mitkommen, Sir.«

»Gut, das glaube ich dir.« Makian wandte sich an Hennes, der die ganze Zeit über mit kaltem, gefühllosem Blick zugehört hatte. »Mir gefällt die Art von dem Jungen, Hennes. Vielleicht können wir einen Farmboy aus ihm machen. Und, Hennes...« Seine Stimme wurde leiser, und David, der sich entfernte, konnte nichts mehr verstehen. Aber dem schnellen, verstohlenen Blick Makians in Richtung von Griswolds Tisch konnte man entnehmen, daß es nicht besonders schmeichelhaft für den altgedienten Farmboy sein konnte.

David Starr nahm die Schritte in seinem Schlaftrakt wahr und reagierte noch bevor er richtig wach war. Er ließ sich auf der entgegengesetzten Seite aus dem Bett gleiten und versteckte sich darunter. Er konnte einen kurzen Blick auf nackte Füße werfen, die im bleichen Schein der Flurlampen draußen weiß aufleuchteten. Die Restbeleuchtung wurde während der Schlafenszeit auf dem Farmgelände angelassen, um es nicht völlig dunkel werden zu lassen.

David wartete ab; erst hörte er wie die Laken raschelten, als ein Händepaar vergeblich das Bett durchsuchte, dann ein Flüstern: »Erdbewohner! Erdbewohner! Wo beim All...«

David berührte einen der Füße und sah sich durch einen schnellen Schritt zurück und ein scharfes Luftholen belohnt.

Eine Pause entstand, dann befand sich auf einmal ein Kopf im Dunkel ohne Umrisse, diagonal neben dem seinen. »Erdbewohner? Bist du das?«

»Wo würde ich denn sonst schlafen, Bigman, mir gefällt es hier unter dem Bett.«

Der kleine Bursche schäumte vor Wut und flüsterte mißmutig: »Du hättest mich zu einem Schrei verleiten können, dann wäre ich bis über beide Ohren in Schwierigkeiten gewesen. Ich muß mit dir reden.«

»Jetzt hast du die Gelegenheit.« David kicherte leise und kroch wieder ins Bett zurück.

»Für einen von der Erde bist du ganz schön mißtrauisch«, fing Bigman an.

»Worauf du dich verlassen kannst«, gab David zurück. »Ich habe vor, lange zu leben.«

»Daraus wird nichts, wenn du nicht vorsichtig bist.«

»Nein?«

»Nein. Es ist dumm von mir, hierherzukommen. Wenn ich geschnappt werde, bekomme ich nie meine Papiere. Es ist nur, weil du mir beigestanden hast, als ich Hilfe gebrauchen konnte, und nun bin ich an der Reihe. Was hast du Griswold der Laus getan?«

»Nur eine kleine Unstimmigkeit in der Kantine.«

»Eine kleine Unstimmigkeit? Er war blind vor Wut. Hennes hatte alle Hände voll zu tun, um ihn zurückzuhalten.«

»Ist es das, was du mir sagen wolltest, Bigman?«

»Zum Teil. Kurz nach dem Zapfenstreich waren sie unter der Garage, hatten aber keine Ahnung, daß ich in der Nähe war, und ich habe es sie auch nicht wissen lassen. Na, jedenfalls hat Hennes Griswold zur Sau gemacht, erst, weil er vor den Augen des Alten etwas mit dir angefangen hat und dann, weil er nicht genug Mumm hatte, es durchzuziehen, als er einmal losgelegt hatte. Griswold war zu wütend, um vernünftig zu reden. Soweit ich es mitbekommen habe, hat er nur geschrien, daß er dir den Schädel einhauen würde. Hennes...«. Er hielt inne. »Sag mal, hast du nicht behauptet, daß mit

Hennes alles klar ist, was dich betrifft?«

»Es scheint so.«

»Diese Ausflüge um Mitternacht...«

»Du hast ihn doch bloß einmal gesehen.«

»Einmal reicht. Wenn das nichts Verbotenes war, warum kannst du mir dann nicht sagen, was los ist?«

»Das ist mir leider nicht möglich, Bigman, aber es scheint alles legal zu sein.«

»Falls es so ist, was hat er denn gegen dich? Warum ruft er seine Bluthunde nicht zurück?«

»Was meinst du damit?«

»Na, als Griswold sich ausgeschrien hatte, sagte ihm Hennes, er solle sich zurückhalten. Er meinte, du seist morgen beim Checkup dabei, und das wäre die passende Gelegenheit. Da habe ich mir gedacht, ich warn' dich lieber, Erdbewohner. Geh lieber nicht mit zum Checkup.«

Davids Stimme blieb ruhig. »Checkup ist wofür die passende Gelegenheit? Hat Hennes was gesagt?«

»Ich habe nicht länger zugehört. Sie gingen weg, und ich konnte nicht hinterher, ich wäre sonst ohne Deckung gewesen. Aber ich schätze, der Fall liegt klar auf der Hand.«

»Vielleicht. Aber nimm mal an, wir gehen auf Nummer Sicher und versuchen genau herauszufinden, was sie wollen.«

Bigman beugte sich nahe heran, so, als ob er trotz der Dunkelheit einen Hinweis aus Davids Gesicht ablesen wollte.

»Wie meinst du das?«

»Na, was glaubst du? Ich werde beim Checkup dabeisein, und den Boys Gelegenheit geben, es mir zu zeigen«, erwiderte David.

»Das kannst du nicht machen«, platzte Bigman heraus. »Gegen die kommst du beim Checkup nicht an. Über den Mars weißt du nichts, du armer Erdmensch, du.«

»Dann«, sagte David phlegmatisch, »könnte das glatt Selbstmord bedeuten, schätze ich. Warten wir's ab.« Er klopfte Bigman auf die Schulter, drehte sich um und schlief wieder ein.

VI

SAND VORAUS!

Sobald die Hauptlampen angeschaltet wurden, setzte in der Farmglocke das Hin und Her des Checkup ein; wüster Lärm und hektische Betriebsamkeit herrschten. Reihenweise wurden Sandbuggys herausgeschafft und jeder Farmboy kümmerte sich um sein Fahrzeug.

Makian befand sich mal hier mal da, hielt sich aber nie zu lange an einer Stelle auf. Hennes teilte mit seiner tonlosen, durchdringenden Stimme die Gruppen ein, und legte die Fahrtwege durch die weitläufige Farm fest. Als er an David vorbeiging, blieb er stehen.

»Williams«, sagte er, »hast du immer noch vor, beim Checkup mitzumachen?«

»Das werde ich mir nicht entgehen lassen.«

»In Ordnung. Da du keinen eigenen Buggy hast, teile ich dir einen aus dem allgemeinen Fuhrpark zu. Von da ab wird es deine Aufgabe sein, ihn zu warten und in fahrbereitem Zustand zu halten. Jede Reparatur oder Beschädigung, die wir als vermeidbar ansehen, wird dir vom Lohn abgehalten. Verstanden?«

»Ist schon recht.«

»Ich teile dich Griswolds Gruppe zu. Ich weiß, daß ihr beide nicht miteinander auskommt, aber da draußen ist er unser bester Mann, und du bist ein Erdbubi ohne Erfahrung. Mir wäre es nicht recht, dich einem weniger guten aufzuhalsen. Kannst du einen Sandbuggy fahren?«

»Ich glaube, mit etwas Übung werde ich mit jedem fahrbaren Untersatz fertig.«

»So, wirst du das? Wir werden dir Gelegenheit geben, das zu beweisen.« Er stand im Begriff fortzugehen, als sein Blick hängenblieb. »Und was glaubst du, wohin du gehst?« bellte er. Bigman hatte gerade den Versammlungsraum betreten. Er trug neue Kleider, und seine Stiefel blitzten wie Spiegel. Die Haare waren straff gekämmt, und sein Gesicht sah blankgescheuert aus. »Zum Checkup, Hennes... *Mister* Hennes«, er zog die Worte lang. Ich stehe nicht unter Arrest und werde immer noch als ordentlicher Farmboy bezahlt, obwohl Sie mich in die Küche abkommandiert haben. Das heißt, ich darf beim Checkup mitmachen. Das bedeutet ebenfalls, daß ich ein Recht auf meinen alten Wagen und meine alte Gruppe habe.«

Hennes zuckte die Achseln. »Du steckst die Nase oft in die Vorschriften, und es steht da so drin, schätze ich. Aber noch eine Woche, Bigman, eine Woche. Wenn du deine Nase danach noch irgendwo auf Makians Gebiet zeigst, sorge ich dafür, daß ein richtiger Mann auf dir rumtrampelt und dich zu Mus verarbeitet.«

Hinter Hennes' Rücken vollführte Bigman eine Drohgebärde. Dann richtete er seine Aufmerksamkeit auf David. »Schon mal ein Nasenstück benutzt?«

»Richtig noch nicht. Ich habe natürlich davon gehört.«

»Davon gehört haben ist nicht dasselbe wie benutzen. Paß auf, ich zeige dir, wie man es macht. Nein, nein, nimm deine Daumen da raus. Sieh her, wie ich die Hände halte, so ist es richtig. Jetzt über den Kopf damit und sorg dafür, daß die Riemen im Nacken nicht verdreht sind, sonst bekommst du hinterher Kopfschmerzen. Kannst du durchgucken?«

Der obere Teil von Davids Gesicht hatte sich in eine plastikumschlossene Monstrosität verwandelt, und der

Doppelschlauch, der von beiden Seiten von den Sauerstoffzylindern an seinem Kinn vorbeiführte, verringerte weiter jede Ähnlichkeit mit einem menschlichen Wesen.

»Hast du beim Atmen Schwierigkeiten?« erkundigte sich Bigman.

David rang nach Luft. Er riß sich das Nasenstück herunter. »Wie schaltet man das ein? Es ist kein Ventil da.«

Bigman lachte. »Das ist die Revanche für den Schreck, den du mir gestern nacht eingejagt hast. Man braucht kein Ventil. Sobald die Wärme und der Druck deines Gesichtes einen Kontakt auslösen, speisen die Zylinder automatisch Sauerstoff ein, und sie stellen sich automatisch wieder ab, sobald du das Nasenstück abnimmst.«

»Dann stimmt damit etwas nicht. Ich...«

»Ist alles in Ordnung. Um der Marsatmosphäre zu entsprechen, gibt es den Druck bei einem Fünftel des Normaldrucks ab. Wenn man gegen die normale Erdatmosphäre ankämpfen muß, kann man hier nichts einatmen. Da draußen in der Wüste geht es ganz leicht. Und die Sauerstoffmenge reicht auch, obwohl nur ein Fünftel des Drucks vorhanden ist. Du atmest ihn nämlich in reiner Form, bekommst also genausoviel wie gewohnt. Denk an eins: durch die Nase einatmen, aber durch den Mund ausatmen. Wenn man durch die Nase ausatmet, beschlägt die Sichtscheibe, und das wäre nicht gut.«

Er stolzierte um Davids großen aufrechten Körper herum und schüttelte dabei den Kopf. »Weiß nicht, was ich zu deinen Stiefeln sagen soll. Schwarz-weiß! Du siehst aus wie ein Müllkutscher oder so.« Mit mehr als nur einem Anflug von Selbstgefälligkeit schaute er auf seine eigenen chartreuse und zinnoberroten Kreationen hinab.

»Ich komme zurecht. du gehst besser zu deinem Wagen. Es hat ganz den Anschein, als ob es gleich losgeht«, sagte David.

»Du hast recht. Also bleib locker. Paß auf den Gravitationswechsel auf. Er ist schwer auszuhalten, wenn man ihn nicht gewohnt ist. Und Erdbewohner...«

»Was?«

»Halt die Augen offen. Du weißt, was ich meine.«

»Danke, werde ich.«

Die Sandbuggys stellten sich in Neunerkarrees auf. Insgesamt waren es mehr als hundert. Und bei jedem ließ ein Farmboy einen kritischen Blick über Reifen und Kontrollinstrumente schweifen. An jedem Fahrzeug waren handgemalte Aufschriften, die lustig sein sollten. Der für David aus der Garage geschobene Wagen war mit den Zeichen von einem halben Dutzend der Vorbesitzer übersät, es fing mit »Mädchen aufgepaßt« rings um den geschoßförmigen Bug des Wagens an und hörte mit »das ist kein Stauborkan, das bin ich«, auf der hinteren Stoßstange auf.

David kletterte hinein und machte die Tür zu. Sie schloß dicht ab. Es war nicht einmal eine Fuge zu erkennen. Direkt über seinem Kopf befand sich ein mit zwei Filtern versehener Entlüftungsstutzen, der den Druckausgleich zwischen draußen und drinnen ermöglichte. Das Glas war nicht ganz klar. Es wies einen Nebelhauch auf, der von Dutzenden von Stauborkanen zeugte, in die der Wagen geraten war und überstanden hatte. Die Bedienungsmechanik kam David vertraut vor. Größtenteils handelte es sich um Standardinstrumente, wie sie bei Bodenfahrzeugen üblich waren. Die wenigen ungewohnten Knöpfe erklärten ihre Bedienung gleichsam von selbst.

Griswold kam vorbei und gestikulierte wütend in seine Richtung. Er öffnete die Tür.

»Klapp deine Windschutzscheibe runter, du Pfeife. Wir fahren nicht in einen Orkan!« brüllte er.

David suchte nach dem richtigen Knopf und fand ihn

an der Lenkseite. Die Frontscheibe, die aussah, als sei sie an das Metall angeschweißt, teilte sich in zwei Hälften und versank in der Halterung. Die Sichtverhältnisse verbesserten sich. Natürlich, dachte er. Die Marsatmosphäre würde schwerlich genug Wind entfachen, um sie zu beeinträchtigen. Und jetzt war Sommer auf dem Mars. Kalt würde es nicht sein.

Eine Stimme rief: »Hallo, Erdbewohner!« Er sah hoch. Bigman winkte ihm zu. Er war ebenfalls in Griswolds Neunergruppe. David winkte zurück. Ein Kuppelabschnitt hob sich. Neun Wagen rumpelten unbeholfen hinein. Der Abschnitt schloß sich hinter ihnen. Minuten vergingen, dann öffnete er sich wieder, war leer, und die nächsten neun bewegten sich hinein. Direkt neben Davids Ohr klang urplötzlich und laut Griswolds Stimme. David drehte den Kopf und bemerkte einen kleinen Empfänger am Wagendach dicht hinter seinem Kopf. Die kleine grillartige Öffnung am oberen Ende der Längsseite war das Sprechmikrofon.

»Gruppe acht, fertig?«

Die Stimmen erklangen eine nach der anderen: »Nummer eins, fertig.« »Nummer zwei, fertig.« »Nummer drei, fertig.« Nach Nummer sechs entstand eine kurze Pause. Die dauerte nur wenige Sekunden. Dann rief David: »Nummer sieben, fertig.« Dann kam »Nummer acht, fertig.« Bigmans dünnes Stimmchen ertönte als letzte. »Nummer neun, fertig.« Der Kuppelabschnitt hob sich erneut, und die Wagen vor David setzten sich in Bewegung. David trat langsam auf den Resistor, Elektrizität strömte in den Motor als er die Zündung einschaltete. Sein Sandbuggy machte einen Satz nach vorn und krachte beinahe ins Heck des vorausfahrenden Buggys. Er ließ den Resistor mit einem Ruck kommen und fühlte, wie der Wagen unter ihm erzitterte. Er rollte sanft weiter.

Die Schleuse umgab sie wie ein kleiner Tunnel und schloß sich wieder.

Er hörte das Zischen der Luft, die aus der Schleuse in die eigentliche Kuppel gepumpt wurde. Er fühlte wie sein Herz zu hämmern begann, aber seine Hände lagen ruhig auf dem Lenkrad.

Seine Kleidung bauschte sich auf, und die Luft entwich fauchend an der Linie, wo die Stiefel sich an die Schenkel schmiegten. Ein Kribbeln machte sich an Händen und Kinn bemerkbar. Er kam sich wie aufgebläht, aufgequollen vor. Wiederholt mußte er schlucken, um den wachsenden Schmerz in den Ohren zu mildern. Nach fünf Minuten bemerkte er, wie er im Bemühen, genug Sauerstoff zu bekommen, zu keuchen begann.

Die anderen stülpten sich die Nasenstücke über.

Er machte das gleiche, und diesmal strich der Sauerstoff leicht durch die Nasenlöcher. Er atmete tief durch und ließ die Luft aus dem Mund entweichen. Seine Arme und Füße kribbelten noch, aber das Gefühl begann zu verschwinden.

Und nun öffnete sich der Abschnitt vor ihm, und die platten, rötlichen Marsdünen glitzerten im schwachen Licht der Sonne. Als sich der Abschnitt hob, drang ein einstimmiger Schrei aus den Kehlen von 8 Farmboys.

»Sand voraus!« Die vordersten Wagen rollten an. Das war der traditionelle Schlachtruf der Farmboys, in der dünnen Marsluft klang er fast wie ein feiner Sopranchor.

David ließ den Resistor einrasten und kroch über die Linie, die die Grenze zwischen Kuppelmetall und Marsboden darstellte.

Und dann traf es ihn mit Wucht!

Der plötzliche Schwerkraftwechsel kam ihm wie ein rasanter Fall aus 300 Meter Höhe vor. 120 seiner 180 Pfund verschwanden, als er die Linie überquerte, und sie verließen ihn durch die Magengrube. Er umklammerte das Lenkrad, während die Illusion von fallen, fallen, *fallen,* anhielt. Der Sandbuggy tanzte wild hin und her.

Der Klang von Griswolds Stimme verlor ihre Heiserkeit selbst in der unpassenden Dumpfheit, die ihr durch die dünne Luft aufgezwungen wurde, nicht. Unter diesen Bedingungen wurden Schallwellen nur schlecht geleitet. »Nummer sieben! Zurück in die Linie!«

David kämpfte mit der Lenkung, kämpfte mit seinen eigenen Halluzinationen, er kämpfte darum, klar sehen zu können. Er saugte Sauerstoff durch sein Nasenstück, und langsam ging das Schlimmste vorüber.

Er konnte sehen, wie Bigman ängstlich in seine Richtung schaute. Er nahm kurz seine Hand vom Lenkrad, um zu winken, dann konzentrierte er sich auf die Straße vor sich.

Die Marswüste war fast völlig flach und leer. Nicht einmal ein Busch war zu sehen. Dieses Gebiet war seit wer weiß wie vielen tausend oder millionen Jahren tot und verlassen. Ihn überkam der Gedanke, er könne sich vielleicht irren. Vielleicht war der Wüstensand mit blaugrünen Mikroorganismen überzogen gewesen, bis die Menschen gekommen waren und sie abgeflämmt hatten, um für ihre Farmen Raum zu schaffen.

Die Wagen vorne zogen dünne Staubfahnen hinter sich her, die langsam hochstiegen, wie in einem Film, der in Zeitlupe ablief. Genauso langsam legte sich der Staub wieder.

Davids Wagen hing weit zurück. Er erhöhte seine Geschwindigkeit und bemerkte, daß etwas falsch lief. Die anderen vor ihm klebten am Boden, er selbst aber hüpfte wie ein Feldkaninchen. Bei jedem noch so unbedeutenden Geländefehler, bei jedem vorstehenden Steingrat hob sein Wagen ab. Er trieb träge um Zentimeter hoch, und die Räder sangen schrill ohne Widerstand.

Er setzte sanft wieder auf, und wenn die rasenden Räder Widerstand fanden, schoß er mit einem Ruck nach vorne.

Dieser Umstand kostete ihn Boden, und wenn er mehr Gas gab, um aufzuholen, verschlimmerten sich die Bocksprünge. Daran war natürlich die niedrige Gravitation schuld, aber den anderen gelang es, das auszugleichen. Er fragte sich, wie sie es anstellten. Es wurde kalt. Selbst während des Marssommers, so schätzte er, lag die Temparatur kaum über dem Gefrierpunkt. Er konnte direkt in die Sonne am Himmel schauen; eine zwergenhafte Sonne, die in einem dunkelroten Himmel hing. Er konnte drei oder vier Sterne erkennen. Die Luft war zu dünn, um sie zu verdecken und um das Licht so zu brechen, daß sich das Himmelblau der Erde bildete.

Wieder erscholl Griswolds Stimme: »Wagen eins, vier und sieben nach links. Wagen zwei, fünf und acht geradeaus. Wagen drei, sechs und neun nach rechts. Die Wagen zwei und drei übernehmen die Führung ihrer Gruppe.«

Griswolds Wagen, die Nummer eins, begann nach links abzubiegen, und David, dem Fahrzeug mit den Augen folgend, bemerkte die dunkle Linie am Rand des Horizontes. Nummer vier folgte Nummer eins, und David drehte das Rad scharf nach links.

Was folgte, kam für ihn überraschend. Sein Wagen fing blitzartig an zu schleudern, wobei ihm kaum Zeit blieb, sich dessen bewußt zu werden. Er riß verzweifelt am Lenkrad und drehte es in die entgegengesetzte Richtung. Er schaltete den Strom aus und fühlte, wie die Räder über den Boden rutschten, während der Wagen weitertaumelte. Vor ihm drehte sich die Wüste, so daß er nur noch ihre rostrote Farbe sah.

Dann hörte er im Empfänger Bigmans dünnen Schrei:

»Tritt auf den Notraster. Er liegt rechts von den Resistoren.«

David suchte verzweifelt nach dem Notraster, was immer das sein mochte, aber seine schmerzenden Füße fanden nichts. Die dunkle Linie am Horizont erschien vor ihm und verschwand wieder. Sie war jetzt viel schärfer und breiter. Selbst in diesem blitzartigen Augenblick wurde ihre Beschaffenheit erschreckend deutlich. Es war einer der langen, schnurgeraden Marskanäle. Wie die viel zahlreicheren auf dem Erdmond, gab es hier Risse auf der Planetenoberfläche, die sich gebildet hatten, als die Welt im Laufe der Jahrmillionen austrocknete. Sie waren bis zu dreißig Meter breit, und keine Menschenseele wußte, wie tief sie hinabreichten.

»Es ist ein dicker rosa Knopf«, schrie Bigman. »Tritt einfach überall drauf.«

David tat wie ihm geheißen, und da war ein plötzliches leichtes Nachgeben unter seinen Zehen. Die rasche Bewegung seines Sandbuggys verwandelte sich in ein protestierendes Schleifen, das an ihm zerrte. Der Staub kam wolkenweise hoch, drückte ihm die Luft ab und vernebelte alles.

Er kauerte über dem Lenkrad und wartete. Der Wagen verlor eindeutig an Geschwindigkeit. Und schließlich kam er zum Stillstand.

Er lehnte sich zurück und atmete einen Augenblick lang ruhig durch. Dann legte er das Nasenstück ab, putzte die Innenseite, während die kalte Luft derweil in Nase und Augen biß und setzte es wieder auf. Seine Kleidung war vom Staub rötlichgrau und sein Kinn verkrustet. Er konnte den trockenen Geschmack auf den Lippen spüren, und das Innere des Wages war vollkommen verschmutzt.

Die beiden Wagen seiner Abteilung hatten neben ihm angehalten. Griswold entstieg dem einen, das Nasenstück ließ sein stoppliges Gesicht abgrundtief häßlich erscheinen. David wurde die Vorliebe der Farmboys für Stoppeln und Bärte plötzlich klar. Sie dienten als Schutz gegen den dünnen kalten Marswind.

Griswold fauchte, wobei gelbe unregelmäßige Zähne sichtbar wurden. Er sagte: »Erdbewohner, die Reparaturkosten für den Wagen werden dir vom Gehalt abgezogen. Du hast gehört, was Hennes gesagt hat.«

David öffnete die Tür und kletterte heraus. Von draußen bot der Wagen einen noch zerstörteren Anblick, falls es überhaupt möglich war. Die Reifen hingen in Fetzen, und die riesigen Zähne, die offensichtlich die »Notraster« waren, ragten heraus.

»Keinen Pfennig zieht ihr mir ab, Griswold. Mit dem Wagen hat etwas nicht gestimmt«, erwiderte David mit Bestimmtheit.

»Stimmt genau. Es war der Fahrer. Ein dummer, transusiger Fahrer, das hat an dem Wagen nicht gestimmt.«

Ein weiterer Wagen quietschte heran, und Griswold schaute sich danach um.

Seine Bartstoppeln schienen sich aufzurichten. »Verzieh dich bloß, du Wanze. Los, an die Arbeit.« Bigman sprang aus seinem Wagen. »Nicht, bevor ich mir die Kiste von dem Erdbewohner angesehen habe.«

Auf dem Mars wog Bigman weniger als 40 Pfund, und mit einem einzigen langen flachen Sprung stand er neben David. Er bückte sich kurz und straffte sich wieder. »Wo sind die Anpreßstangen, Griswold«, fragte er.

»Was sind Anpreßstangen, Bigman?«, erkundigte sich David.

Die Worte sprudelten nur so aus dem kleinen Burschen hervor: »Wenn man diese Sandbuggys unter niedriger Gravitation fährt, werden dreißig Zentimeter dicke Träger auf jede Achse geflanscht. Bei hoher Gravitation nimmt man sie ab. Tut mir leid, Junge, aber ich habe nicht im Traum daran gedacht, es könnte das sein, was...«

David unterbrach ihn. Er bleckte die Zähne. Das würde erklären, warum sein Wagen bei jeder Unebenheit abgehoben hatte, während die anderen am Boden geklebt hatten. Er wandte sich Griswold zu. »Hast du gewußt, daß die nicht montiert waren?«

Griswold fluchte. »Jeder ist für seinen eigenen Wagen verantwortlich. Wenn du nicht gemerkt hast, daß sie fehlen, ist das deine eigene Nachlässigkeit.«

Inzwischen waren alle Wagen erschienen. Um die drei hatte sich ein Kreis von bärtigen Männern gebildet. Sie waren still, aufmerksam und griffen nicht ein. Bigman wütete: »Du großer Quarzklotz, der Mann ist noch naß hinter den Ohren. Man kann nicht erwarten, daß...«

»Ruhig, Bigman«, fuhr David dazwischen. »Das ist meine Sache. Ich frage dich noch mal, Griswold, hast du vorher davon gewußt?«

»Und ich habe dir gesagt, Erdie, in der Wüste muß jeder auf sich selbst aufpassen. Ich werde nicht deine Amme spielen.«

»Geht in Ordnung. Wenn das so ist, dann werde ich jetzt auf mich selbst aufpassen.«

David sah sich im Kreis um. Sie standen fast am Ende des Kanals. Drei Meter weiter, und er wäre ein toter Mann gewesen.« Allerdings wirst du jetzt auch auf dich selber aufpassen müssen, weil nämlich ich deinen Wagen nehmen werde. Du kannst meinen zur Kuppel zurückfahren oder meinetwegen auch hierbleiben.«

»Beim Mars!« Griswolds Hand zuckte an seine Hüfte. Ein plötzlicher kehliger Aufschrei kam aus dem Kreis der Umstehenden.

»Fairer Kampf, fairer Kampf!«

Die Gesetze der Marswüste waren rauh, aber bei einer Übervorteilung wurde die Grenze gezogen. Das galt als abgemacht und wurde durchgesetzt. Nur durch solche stillschweigenden Vorsichtsmaßregeln konnte ein Mann vor einem Kraftdolchstich in den Rücken oder einen Blasterschuß in den Bauch geschützt werden.

Griswold starrte in die harten Gesichter rings um ihn. »Wir tragen das in der Kuppel aus. An die Arbeit, Leute«, sagte er.

»Ich treff dich in der Kuppel, wenn du willst«, sagte David. »Inzwischen tritt mal zur Seite.«

Er ging ohne Hast weiter, und Griswold trat einen Schritt zurück. »Du dummer Anfänger. Mit Nasenstücken auf dem Kopf können wir uns nicht schlagen. Hast du außer Stroh sonst noch was in deinem Kopf?«

»Dann nimm doch dein Nasenstück ab«, sagte David, »ich tue es auch. Halt mich in einem fairen Kampf auf, wenn du kannst.«

»Fairer Kampf!« kam es zustimmend von der Menge, und Bigman schrie: »Tu es oder laß es bleiben, Griswold.« Er sprang vor und riß dabei Griswold den Blaster von der Hüfte.

David legte die Hand an sein Nasenstück. »Fertig?«

»Ich zähle bis drei«, rief Bigman.

Die Männer schrien verwirrt durcheinander. Nun warteten sie gespannt auf die Dinge, die da kommen sollten. Griswold schaute wild um sich.

Bigman fing an zu zählen: »Eins...«

Bei »drei« zog David sein Nasenstück ruhig ab und warf es einschließlich der daran befestigten Zylinder beiseite. Er stand ungeschützt da und hielt die Luft in der nicht zu atmenden Marsatmosphäre an.

*

VII

BIGMAN MACHT EINE ENTDECKUNG

Griswold rührte sich nicht, und sein Nasenstück blieb, wo es war. Aus den Reihen der Zuschauer kam ein drohendes Knurren. David bewegte sich so schnell, wie er sich traute, stimmte seine Schritte auf niedrige Gravitation ab. Er sprang unbeholfen vor und erwischte Griswold an der Schulter. Er schlängelte sich zur Seite, um dem Knie des Farmboys zu entgehen. Mit einer Hand faßte er Griswolds Kinn, bekam das Nasenstück in den Griff und riß es ab. Mit dem Anflug eines dünnen Schreies langte Griswold danach. Er bekam sich wieder in die Gewalt und schloß den Mund, um einen Luftverlust zu vermeiden. Er riß sich los, wobei er etwas ins Taumeln geriet. Langsam umkreiste er David. Es war beinahe eine Minute vergangen, seit David das letztemal geatmet hatte. Seine Lungen begannen es zu spüren. Mit blutunterlaufenen Augen duckte sich Griswold und machte sich seitwärts an David heran. Sein Schritt war elastisch, die Bewegung elegant. Er war an niedrige Schwerkraftverhältnisse gewöhnt und konnte sich unter diesen Bedingungen gut bewegen. Das konnte er selbst wahrscheinlich nicht, mußte David sich grimmig eingestehen. Eine schnelle unbeherrschte Bewegung und dann lag er vielleicht hilflos auf dem Rücken.

Jede Sekunde vergrößerte die Anstrengung. David hielt sich außer Reichweite und beobachtete, wie sich Griswolds Gesicht immer mehr zur Grimasse verzerrte und Qualen verriet. Er würden den Farmboy am steifen Arm verhungern lassen müssen. Er selbst verfügte über die Lungen eines Leistungssportlers. Griswold aß und trank zuviel. Er erinnerte sich an den Kanal. Der Abgrund war etwa zwei Meter von ihm entfernt. Griswold manövrierte ihn darauf zu.

Er stoppte seinen Rückzug. In zehn Sekunden würde Griswold angreifen müssen. Er mußte es einfach.

Und Griswold griff an.

David ließ sich zur Seite fallen und bekam den anderen an der Schulter zu fassen. Infolge des Aufpralls schwang er mit, das Drehmoment verstärkte seinen Fausthieb, der Griswolds Kinnwinkel traf.

Griswold stolperte blindlings. Er ließ seinen Atem in einem riesigen Schwall entweichen und füllte seine Lungen mit einem Gemisch aus Argon, Neon und Kohlendioxyd. Langsam brach er zusammen. Ein schrecklicher Anblick. Mit letzter Kraft versuchte er sich aufzurichten, es gelang ihm beinahe, er begann wieder zu fallen, er taumelte, im Bemühen das Gleichgewicht zu erlangen, vorwärts...

In Davids Ohren röhrte ein konfuses Geschrei. Auf zittrigen Beinen, blind und taub gegen alles außer seinem Nasenstück auf dem Boden, ging er zum Wagen zurück. Er zwang seinen nach Sauerstoff lechzenden Körper dazu, sich langsam und mit Anstand zu bewegen und nahm seine Flaschen sorgfältig auf und rückte das Nasenstück zurecht. Dann tat er einen Atemzug, der in seine Lungen strömte wie ein Strom kalten Wassers in einen empfindlichen Magen.

Es dauerte eine geschlagene Minute, bis er etwas anderes tun konnte, außer zu atmen. Sein enormer Brustkasten hob und senkte sich mit großen schnellen Bewegungen. Er öffnete die Augen.

»Wo ist Griswold?«

Sie standen um ihn herum, alle, Bigman ganz vorne.

Bigman sah überrascht aus. »Hast du es nicht gesehen?«

»Ich habe ihn niedergeschlagen.« David spähte um

sich. Griswold war nirgends zu sehen.

Bigman machte eine nach unten gerichtete Bewegung. »In den Kanal rein.«

»Was?« David runzelte unter dem Nasenstück die Stirn. »Das ist ein schlechter Witz.«

»Nein, nein.«

»Über die Kante wie ein Taucher.«

»Beim All, es war sein eigener Fehler.«

»Klarer Fall von Selbstverteidigung, Erdie.«

Sie redeten alle gleichzeitig.

»Moment mal, was ist passiert? Habe *ich* ihn runtergeworfen?« fragte David.

»Nein, Erdie«, sagte Bigman. »An dir hat es nicht gelegen. Du hast ihn getroffen, und die Wanze ist zu Boden gegangen. Dann versuchte er wieder aufzustehen. Er ging wieder zu Boden, und als er versuchte, sein Gleichgewicht wiederzuerlangen, ist er irgendwie nach vorn gehüpft. Er war zu blind, um zu sehen, was vor ihm lag. Wir haben versucht, ihn aufzuhalten, aber die Zeit reichte nicht, dann ist er über den Abgrund. Wenn er nicht so sehr darauf versessen gewesen wäre, dich in Richtung auf die Kante zu drängen, um dich runterzuschmeißen, wäre es nicht passiert.«

David schaute die Männer an. Und sie ihn.

Schließlich streckte einer der Farmboys eine schwielige Faust aus. »Gute Show, Farmboy.«

Es war ganz ruhig gesprochen, es bedeutete Anerkennung, und es brach das Eis.

Bigman schrie triumphierend auf, sprang 1,80 Meter in die Luft und schwebte langsam zu Boden, wobei er seine Beine unter ihm auf eine Art und Weise bewegte, die kein Ballettänzer, gleichgültig wie gut er unter Erdgravitationsbedingungen war, hätte vollbringen können. Die anderen drängten sich jetzt näher an ihn heran. Männer, die David stets nur als »Erdie«, »du da« oder überhaupt nicht angesprochen hatten, klopften ihm auf die Schulter und versicherten ihm, daß er ein Marsmensch sei, auf den man stolz sein konnte.

Bigman rief: »Männer, wir wollen mit dem Checkup weitermachen. Wir brauchen doch Griswold nicht dazu?«

»Nein!« schrien sie.

»Also ab dafür.« Er sprang in seinen Wagen.

»Mach schon, Farmboy!« schrien sie David zu, der seinerseits in den Wagen kletterte, der vor 15 Minuten noch Griswold gehört hatte. Er setzte sich in Bewegung.

Wieder erscholl der Ruf »Sand voraus!« Er klang schrill und verweht durch die Marsatmosphäre.

*

Die Neuigkeit wurde über Sandbuggyfunk verbreitet und sprang über die leere Weite zwischen den glasumschlossenen Äckern. Während David sein Fahrzeug die Korridore zwischen den Glasmauern auf und ab bewegte, gelangte die Nachricht von Griswolds Ende in jeden Winkel des Farmgeländes.

Die acht übriggebliebenen Farmboys aus Griswolds ehemaliger Gruppe trafen sich im vergehenden rötlichen Licht der sinkenden Marssonne wieder und schlugen den gleichen Weg zur Farmkuppel ein, den sie am frühen Morgen gekommen waren. Als David zurückkam, war er bereits eine Berühmtheit.

An diesem Tag fand kein offizielles Abendessen statt. Man hatte vor der Rückfahrt draußen in der Wüste gegessen, deswegen versammelte man sich in weniger als einer halben Stunde nach Beendigung des Checkups vor dem Hauptgebäude und wartete.

Es bestand kein Zweifel, daß Hennes und der Alte inzwischen von dem Kampf Wind bekommen hatten.

Es gab genügend »Hennes-Leute«, d. h. Männer, die man, seitdem Hennes Vormann geworden war, eingestellt hatte und deren Wohl und Wehe mit dem von Hennes verknüpft war. Sie hatten dafür gesorgt, daß die Nachricht in den entsprechenden Kreisen vernommen wurde. Deswegen harrten die Männer in freudiger Erwartung aus.

Nicht, daß sie etwa besonders großen Haß auf Hennes gehabt hätten. Er war tüchtig und kein Schinder. Aber er war nicht beliebt. Kalt und hochmütig, fehlte ihm die Gabe, mit den anderen locker in Gemeinschaft zu leben. Andere Vormänner vor ihm hatten diese Fähigkeit besessen. Auf dem Mars, wo es keine sozialen Unterschiede gab, war das ernster Mangel, und zudem einer, den die Männer einfach nicht verzeihen konnten. Griswold selbst war alles andere als beliebt gewesen.

Alles in allem gab es auf einmal mehr freudige Aufregung, als die Makiansfarm in drei Jahren erlebt hatte. Und ein Marsjahr war nur um einen Monat kürzer als zwei Jahre auf der Erde.

Als David erschien, erhob sich ein beträchtliches Freudengebrüll, und ihm wurde der Weg freigegeben, obwohl eine kleine Gruppe am äußersten Rand verdrossen und feindselig dreinschaute.

Im Innern mußte man die Hochrufe gehört haben, denn Makian, Hennes, Benson und einige andere traten vor die Tür. David ging bis zum Fuß der Rampe, die zum Eingang hochführte, während Hennes ans Ende der Rampe kam, stehenblieb und hinabschaute.

David sagte: »Sir, ich bin gekommen, um den heutigen Vorfall zu erklären.«

Hennes sagte ruhig: »Ein wertvoller Angestellter der Makianfarm ist heute im Lauf eines Streites mit dir getötet worden. Kann deine Erklärung diesen Umstand aus der Welt schaffen?«

»Nein, Sir. Aber Griswold ist in einem fairen Kampf geschlagen worden.«

Aus der Menge machte sich eine Stimme bemerkbar: »Griswold hat versucht, den Jungen umzubringen. Er hat vergessen, die Anpreßstangen an dem Wagen des Jungen anzubringen. Aus Versehen!«

Der sarkastische Nachsatz erntete vereinzeltes Gelächter aus der Menge. Hennes wurde blaß. Er ballte die Fäuste. »Wer behauptet das?«

Es trat Stille ein, und dann sagte eine dünne eingeschüchterte Stimme aus der ersten Reihe: »Bitte, Herr Lehrer, ich bin es nicht gewesen.« Bigman stand da, die Hände vor sich verschränkt, die Augen bescheiden niedergeschlagen.

Das Gelächter setzte wieder ein, und diesmal war es ein lautes Tosen.

Mit Mühe unterdrückte Hennes seine Wut. Er sagte an David gewandt: »Behauptest du, daß man dir nach dem Leben getrachtet hat?«

David antwortete: »Nein, Sir. Ich behaupte nur, fair gekämpft zu haben, sieben Farmboys können dies bezeugen. Wer sich in einen fairen Kampf einläßt, muß doch gewillt sein, so gut wie es ihm möglich ist, daraus hervorzugehen. Beabsichtigen Sie neue Regeln einzuführen?«

Die Umstehenden stimmten ihm mit lautem Geschrei zu. Hennes sah sich um. Er rief: »Männer, es tut mir leid, daß ihr zu Handlungen aufgestachelt und verführt worden seid, die ihr bedauern werdet. Geht jetzt wieder an eure Arbeit, und zwar alle. Ihr könnt sicher sein, daß eure Haltung heute abend nicht vergessen werden wird. Was dich angeht, Williams, so werden wir uns die Sache überlegen. Das ist noch nicht ausgestanden.«

Er stampfte ins Hauptgebäude zurück, die übrigen folgten ihm nach kurzem Zögern.

Früh am nächsten Morgen wurde David in Bensons Büro gerufen. Der Abend vorher hatte zu einer langen Feier geführt, die David weder hatte meiden können, noch war es ihm gelungen, sich von ihr zurückzuziehen. Deswegen mußte er ausgiebig gähnen, als er gebückt eintrat, um nicht mit dem Kopf an den Türbalken zu stoßen.

»Kommen Sie herein, Williams«, sagte Benson. Er trug einen weißen Kittel, und die Luft im Büro hatte den charakteristischen Tiergeruch nach Ratten und Hamstern. Er lächelte. »Sie sehen müde aus. Nehmen Sie Platz.«

»Danke«, erwiderte David, »was kann ich für Sie tun?«

»Es geht darum, was ich für Sie tun kann, Williams. Sie sind in Schwierigkeiten und könnten noch größere Schwierigkeiten bekommen, Sie wissen nicht, wie die Dinge auf dem Mars liegen. Mr. Makian hat die gesetzliche Handhabe, Sie erschießen zu lassen, falls er davon überzeugt ist, daß Griswolds Tod als Mord anzusehen ist.«

»Ohne Gerichtsverhandlung?«

»Das nicht, aber Hennes würde ganz leicht zwölf Farmboys auftreiben können, die so denken wie er.«

»Wenn er das versuchen würde, bekäme er mit den übrigen Farmboys doch Ärger, oder nicht?«

»Ich weiß. Das habe ich Hennes gestern abend ein ums andere Mal gesagt. Sie dürfen nicht glauben, daß Hennes und ich miteinander auskommen. Er ist mir zu diktatorisch, weitaus zu eingenommen von seinen eigenen Ideen, wie zum Beispiel dieser Detektivspielerei, von der ich Ihnen neulich erzählt habe. Und Mr. Makian stimmt völlig mit mir überein. Er muß Hennes natürlich alles, was direkt mit den Männern zu tun hat, überlassen, das ist der Grund, warum er gestern nicht eingegriffen hat. Aber hinterher hat er Hennes offen gesagt, er werde nicht ruhig dasitzen und zusehen, wie seine Farm wegen eines dummen Halunkens zerstört wird.

Hennes mußte versprechen, die Finger eine Weile von der Sache zu lassen. Trotzdem wird er das nicht so schnell vergessen, und Hennes hier zum Feind zu haben, ist schlimm.«

»Das werde ich riskieren müssen, oder?«

»Wir können das Risiko auf ein Minimum reduzieren. Ich habe Makian gefragt, ob ich Sie hier einsetzen darf. Sie könnten ganz nützlich sein, wissen Sie, selbst ohne naturwissenschaftliche Ausbildung. Sie können bei der Fütterung der Tiere helfen und die Käfige der Tiere sauberhalten. Ich könnte Ihnen beibringen, wie man sie betäubt und die Spritzen setzt. Das wäre nicht viel, aber Sie kämen Hennes nicht in die Quere, was verhindern würde, daß das Klima auf der Farm gestört wird. Das können wir uns jetzt überhaupt nicht leisten, wie Sie wissen sollten. Sind Sie einverstanden?«

»Das wäre ein ziemlicher sozialer Abstieg für jemanden, dem man gerade erst gesagt hat, daß er ein Farmboy aus echtem Schrot und Korn sei«, sagte David ausgesprochen ernst.

Der Wissenschaftler runzelte die Stirn. »Ach, hören Sie auf, Williams. Jetzt nehmen Sie mal nicht für bare Münze, was die Dummköpfe Ihnen erzählen. Farmboy! Oje! Das ist eine überkandidelte Bezeichnung für einen angelernten Landarbeiter und nichts weiter. Sie wären verrückt, wenn Sie auf deren von unten nach oben gekehrte Ansichten über Sozialstatus hören würden. Sehen Sie, wenn Sie mit mir arbeiten, leisten Sie vielleicht einen Beitrag zur Aufklärung der Vergiftungen; helfen, Ihre Schwester zu rächen. Deswegen sind Sie doch auf den Mars gekommen, war es nicht so?«

»Ich werde für Sie arbeiten«, sagte David.

»Gut.«

Bensons rundes Gesicht leuchtete in einem erleichterten Lächeln auf.

Bigman schaute vorsichtig durch die Tür. »Hey!« flüsterte er fast.

David wandte sich um und schloß die Käfigtür. »Hallo, Bigman.«

»Ist Benson da?«

»Nein. Er ist den ganzen Tag weg.«

»Okay.« Bigman trat ein und bewegte sich so vorsichtig, als wolle er sogar jede zufällige Berührung seiner Kleidung mit irgendeinem Gegenstand im Labor vermeiden.

»Jetzt erzähl mir bloß nicht, du hättest etwas gegen Benson in der Hand.«

»Wer, ich? Er ist nur ein bißchen – du weißt schon.« Er tippte sich ein paarmal gegen die Stirn. »Was ist das für ein erwachsener Mann, der auf den Mars kommt, um mit kleinen Tieren herumzuspielen? Und täglich erzählt er uns, wie wir zu pflanzen und zu ernten haben. Was weiß er schon darüber? Wie man auf dem Mars Landwirtschaft betreibt, kann man nicht im College auf der Erde lernen. Er versucht nur etwas Besseres zu sein als wir hier. Verstehst du was ich meine? Manchmal müssen wir ihn zurechtstutzen.«

Er schaute David finster an. »Und jetzt nimm dich mal zusammen. Dich hat er auch in ein Nachthemd gesteckt und läßt dich für eine Maus die Krankenschwester spielen. Warum läßt du das mit dir machen?«

»Nur für einige Zeit«, erklärte David.

»Na, schön.« Bigman brütete einen Augenblick vor sich hin, dann streckte er linkisch die Hand aus. »Ich möchte auf Wiedersehen sagen.«

David ergriff sie. »Gehst du?«

»Mein Monat ist um. Habe jetzt meine Papiere, ich werde also woanders einen Job annehmen. Ich bin froh, dich getroffen zu haben, Erdie. Wenn deine Zeit hier vorüber ist, könnten wir uns vielleicht wieder treffen.

Du wirst nicht unter Hennes arbeiten wollten.«

»Warte.« David gab die Hand des kleinen Burschen nicht frei. »Du gehst jetzt nach Wingard City, oder?«

»Ja, bis ich was gefunden habe.«

»Gut. Darauf habe ich seit Wochen gewartet. Ich kann nicht von der Farm weg. Bigman, wirst du einen Auftrag für mich erledigen?«

»Versteht sich. Um was geht es?«

»Es ist etwas riskant. Du wirst hierher zurückkommen müssen.«

»Geht in Ordnung. Ich habe keine Angst vor Hennes. Und außerdem gibt es für uns Treffpunkte, von denen er keinen Schimmer hat. Ich bin schon viel länger auf der Makianfarm als er.«

David zwang Bigman, sich zu setzen. Er kauerte sich neben ihn, und seine Stimme war nur ein Flüstern. »Paß auf, an der Ecke Canal Street und Phobos Street in Wingard City befindet sich eine Bibliothek. Ich möchte, daß du mir einige Bücher auf Mikrofilm aufnimmst und mir ein Lesegerät verschaffst. Informationen, die dir Zugang zu den richtigen Filmen verschaffen, sind in diesem versiegelten ...«

Bigmans Hand zuckte wie eine Kralle vor, umschloß Davids rechten Ärmel und zerrte ihn hoch.

»Sag mal, was soll das?« wollte David wissen.

»Ich will etwas sehen«, sagte Bigman. Er hatte jetzt Davids Handgelenk freigelegt und hielt es, die Innenseite nach oben, fest. Er wartete atemlos.

David unternahm nichts dagegen. Er betrachtete arglos sein eigenes Handgelenk. »Was ist nun?«

»Das falsche«, brummelte Bigman.

»Im Ernst?« David befreite sein Handgelenk mühelos aus Bigmans Griff und zeigte seinen anderen Arm vor. Er hielt ihm beide unter die Nase. »Wonach suchst du?«

»Du weißt genau, wonach ich suche. Dein Gesicht

ist mir von Anfang an bekannt vorgekommen. Konnte es aber nirgends unterbringen. Ich könnte mich selbst in den Hintern treten. Welcher Erdenbewohner würde schon hier auftauchen und in weniger als einem Monat als Farmboy eingestuft werden? Und es muß erst so weit kommen, daß du mich zur Bibliothek des Wissenschaftsrats schickst, bis mir ein Licht aufgeht.«

»Ich verstehe dich immer noch nicht, Bigman.«

»Ich glaube schon, David Starr.« Im Hochgefühl des Triumphes schrie er den Namen fast heraus.

VIII

NÄCHTLICHE ZUSAMMENKUNFT

»Ruhig, Mann«, sagte David.

Bigmans Stimme wurde leiser. »Ich habe dich oft genug auf Videoaufzeichnungen gesehen. Aber warum ist das Mal nicht auf deinem Handgelenk zu sehen. Ich habe gehört, alle Ratsmitglieder hätten eins.«

»Wo hast du das gehört? Und von wem weißt du, daß die Bibliothek Ecke Canal und Phobos Street zum Wissenschaftsrat gehört?«

Bigman errötete. »Sieh nicht auf einen Farmboy herab. Ich hab' in der Stadt gelebt. Bin sogar zur Schule gegangen.

»Entschuldigung, so habe ich es nicht gemeint. Wirst du mir trotzdem helfen?«

»Erst, wenn ich das mit deinem Handgelenk verstanden habe.«

»Das ist nicht schwer. Es handelt sich um eine farblose Tätowierung, die an der Luft dunkel wird, allerdings nur, wenn ich es will.«

»Wie das?«

»Das hängt mit Emotionen zusammen. Jede menschliche Gefühlsregung wird von einem bestimmten Hormonkomplex im Blut begleitet. Ein solcher Komplex, aber nur ein einziger, aktiviert die Tätowierung. Und ich kenne eben die passende Emotion.«

David unternahm nichts, was das Auge hätte wahrnehmen können, aber langsam erschien auf der Innenseite seines Handgelenks ein dunkler werdender Fleck. Die goldenen Punkte des Bären und des Orion leuchteten kurz auf, und dann verblaßte das Ganze wieder.

Bigmans Gesicht glühte, und seine Hände fielen zum gewohnheitsmäßigen Klatschen herab. David hielt seine Arme rauh auf. »Hey«, protestierte Bigman.

»Nicht aufregen, bitte. Machst du mit?«

»Klar mach ich mit. Heute abend bin ich mit dem Zeug, das du haben willst, wieder hier, und ich werde dir sagen, wo wir uns treffen können. Da draußen gibt es eine Stelle im zweiten Abschnitt.« Er fuhr im Flüsterton fort.

David nickte. »Also gut. Hier ist der Umschlag.«

Bigman griff danach und schob ihn zwischen Stiefelschaft und Oberschenkel. Er sagte noch: »An der Innenseite der teureren Hüftstiefel befindet sich eine Tasche, Mr. Starr. Wußten Sie das?«

»Weiß ich. Sieh auch nicht auf diesen Farmboy herab. Und, Bigman, mein Name ist nach wie vor Williams. Nun noch eins, die Ratsbibliothekare sind die einzigen, die den Umschlag gefahrlos öffnen können. Falls ein anderer es versucht, wird er sich dabei verletzen.«

Bigman richtete sich auf. »Kein anderer wird ihn öffnen. Es gibt Männer, die sind größer als ich; vielleicht glaubst du, ich wüßte das nicht, tu ich aber. Egal, größer oder nicht, niemand, und ich meine auch niemand, wird mir diesen Umschlag abnehmen können ohne mich zu töten. Außerdem ist mir nicht in den Sinn gekommen, ihn selbst zu öffnen, falls du daran gedacht haben solltest.«

»Hab' ich«, sagte David. »Ich bemühe mich immer, alle Möglichkeiten zu durchdenken, aber an diese habe ich nicht sehr viel Zeit verschwendet.«

Bigman grinste, schlug eine angedeutete Grade an Davids Kinn vorbei und war verschwunden.

*

Es war Zeit zum Abendessen, als Benson zurückkam. Er machte einen bedrückten Eindruck, und seine fleischigen Wangen hingen traurig herab.

»Wie geht es Ihnen, Williams«, sagte er ohne Elan.

David wusch sich gerade die Hände mit der Speziallösung, die zu diesem Zweck überall auf dem Mars benutzt wurde. Er hob die Hände in den Wirkungsbereich des Warmluftapparates, während das Waschwasser in die Tanks zurückgurgelte, in denen es gereinigt wurde, um danach in den Vorratsbehälter zurückzufließen. Auf dem Mars war Wasser teuer und wurde, wenn möglich, wieder und wieder aufbereitet. David sagte: »Sie sehen müde aus, Mr. Benson.« Benson schloß sorgfältig die Tür hinter sich. Es sprudelte nur so aus ihm hervor. »Gestern sind sechs Menschen an Vergiftungen gestorben. Das ist bislang die höchste Tagesrate. Es wird immer schlimmer, und wir scheinen nichts dagegen tun zu können.«

Er betrachtete düster die Tierkäfige an der Wand. »Alle wohlauf, nehme ich an.«

»Alle wohlauf«, gab David zurück.

»Was kann ich schon tun? Jeden Tag fragt mich Makian, ob ich etwas entdeckt habe. Glaubt er denn, ich würde am Morgen unter meinem Kopfkissen etwas finden? Ich war heute in den Kornspeichern. Es war ein Weizenmeer, Tausende und aber Tausende von Tonnen, die nur darauf warten, auf die Erde verfrachtet zu werden. Ich habe hundert Proben entnommen, fünfzig Körner hier und fünfzig Körner dort. Ich habe mir jeden Winkel in jedem Silo vorgenommen. Ich habe Proben aus sechs Meter Tiefe nehmen lassen. Wozu soll das gut sein? Geht man davon aus, daß bei einer Milliarde Körner eins infiziert war, ist das in der jetzigen Situation großzügig geschätzt.«

Er klopfte auf den Koffer, den er bei sich trug. »Glauben Sie, daß von fünfzigtausend Körnern, die ich hier habe, das eine in der Milliarde dabei ist? Die Chancen stehen eins zu zwanzigtausend?«

»Mr. Benson«, sagte David, »Sie haben mir erklärt, daß hier auf der Farm noch niemand gestorben ist, obwohl wir fast ausschließlich Marslebensmittel essen.«

»Jedenfalls ist mir kein solcher Fall bekannt.«

»Und wie steht es auf dem Mars ganz allgemein?«

Benson runzelte die Stirn. »Weiß ich nicht genau. Ich glaube aber nicht, sonst hätte ich davon erfahren. Natürlich ist das Leben hier auf dem Mars nicht so straff durchorganisiert wie auf der Erde. Und ein Farmboy wird normalerweise ohne Formalitäten beerdigt. Es werden nicht viele Fragen gestellt. Dann kam es scharf aus Bensons Mund: »Warum wollen Sie das wissen?«

»Ich dachte, falls es sich um einen Marsvirus handelt, besteht die Möglichkeit, daß die Menschen hier besser daran gewöhnt sind als auf der Erde. Sie könnten immun sein.«

»Das ist kein schlechter Gedanke für einen Nichtwissenschaftler, es ist sogar eine gute Idee. Ich werde sie im Kopf behalten.«

Er langte hoch, um David auf die Schulter zu klopfen. »Gehen Sie essen, wir fangen mit dem Verfüttern der Proben morgen an.«

Als David ging, wandte sich Benson seinem Koffer zu und holte die sorgfältig beschrifteten Päckchen heraus.

Eins von ihnen mochte das giftige Virus enthalten. Bis morgen würden diese Proben gemahlen, jedes kleine Pulverhäufchen sorgfältig gemischt und mit Akribie in zwanzig kleinere Proben aufgeteilt sein, einige, um verfüttert, andere, um analysiert zu werden.

Bis morgen! David lächelte grimmig vor sich hin und fragte sich, wo er morgen wohl sein würde. Er fragte sich sogar, ob er morgen überhaupt noch am Leben sein würde.

*

Wie ein riesenhaftes prähistorisches Ungeheuer lag die schlafende Kuppel auf der Marsoberfläche. Die Dauerbeleuchtung schimmerte blaß gegen das Kuppeldach. In der Stille der normalerweise nicht zu vernehmenden Vibrationen summte die Wetteranlage der Kuppel, mit deren Hilfe die Marsatmosphäre auf Erdwerte komprimiert und Feuchtigkeit und Sauerstoff eingespeist wurden, die ihrerseits von den wachsenden Pflanzen in den weitläufigen Gewächshäusern produziert wurden. David bewegte sich flink von Schatten zu Schatten, mit einer Vorsicht, die im wesentlichen unnötig war. Niemand sah zu. Das harte Material der Kuppel über ihm wurde schnell niedriger, als er Schleuse 17 erreichte; er streifte es mit den Haaren. Das innere Tor stand offen, er trat ein. Der Schein seiner Stifttaschenlampe, strich über die Wände und entdeckte die Schalter. Sie waren nicht im einzelnen beschriftet, aber Bigmans Beschreibung war ausführlich genug gewesen. Er zog einen gelben Druckknopf heraus. Er hörte ein schwaches Klicken, dann trat eine Pause ein, auf die das Geräusch einströmender Luft folgte. Es war viel lauter als dasjenige, das er am Tag des Checkups vernommen hatte. Die Schleuse war klein, darauf ausgelegt, drei bis vier Leute aufzunehmen, nicht wie die großen, die auf neun Sandbuggys zugeschnitten waren; deswegen fiel der Luftdruck diesmal auch bedeutend schneller.

Er rückte das Nasenstück zurecht und wartete ab, bis das Zischen erstarb. Die Stille zeigte den Druckausgleich an. Erst danach zog er an dem roten Knopf. Die äußere Abdichtung hob sich, und David trat ins Freie.

Diesmal versuchte er nicht, einen Wagen zu steuern. Er ließ sich auf den harten kalten Boden sinken und wartete darauf, daß das magenumdrehende Gefühl verging, während er sich an den Schwerkraftwechsel gewöhnte. Das Ganze dauerte keine zwei Minuten. Noch ein paar Gravitationsanpassungen, dachte David grimmig bei sich, dann waren ihm auch »Schwerkraftbeine« gewachsen, wie die Farmboys es nannten.

Er stand auf, schaute sich suchend um, und überraschte sich dabei, wie er vor lauter Faszination erstarrte.

Es war das erste Mal, daß er den Nachthimmel auf dem Mars zu Gesicht bekam. Die Sterne selbst waren die alten Bekannten von der Erde, sie standen in der ihm vertrauten Anordnung. Die Entfernung Erde – Mars, groß wie sie war, reichte nicht aus, sie in ihrer Stellung zueinander merklich zu verändern. Aber von der identischen Anordnung einmal abgesehen, wie sehr unterschieden sie sich in ihrer Helligkeit.

Die dünnere Marsluft schwächte ihren Glanz kaum ab, sondern ließ sie vielmehr hart und edelsteinhell erstrahlen. Natürlich gab es keinen Mond, wie man es von der Erde her gewohnt war. Die beiden Marssatelliten, Phobos und Deimos, waren nur kleine Dinger, fünf oder zehn Meilen im Durchmesser, einfach nur Berge, die frei im All schwebten. Obwohl sie dem Mars viel näher standen, als der Mond der Erde, erschienen sie nicht als Scheiben, sondern wirkten wie zwei gewöhnliche Sterne.

Er vergegenwärtigte sich, daß sie beide sehr wohl auf

der anderen Marsseite sein konnten, trotzdem hielt er nach ihnen Ausschau. Tief am westlichen Horizont machte er noch etwas anderes aus. Langsam wandte er sich der Erscheinung zu. Es handelte sich um das mit Abstand hellste Objekt am Himmel. Es war mit einem angedeuteten blau-grünen Hauch überzogen, dem an Schönheit nichts am Firmament gleichkam. Da war noch etwas zu sehen, etwa um den Durchmesser der geschrumpften Marssonne von dem anderen Objekt entfernt. Es war gelber, schimmerte aus seinem Inneren heraus, wurde aber von der viel größeren Leuchtkraft seines Nachbarn übertroffen.

David brauchte keine Sternenkarte, um das Doppelobjekt identifizieren zu können. Es handelte sich um Erde und Mond, den doppelten »Abendstern« des Mars.

Er riß sich von dem Anblick los, wandte sich in Richtung der niedrigen Felserhebungen, die im Scheinwerferlicht seiner Taschenlampe sichtbar wurden, und begann zu gehen. Bigman hatte ihm eingeschärft, sich von diesen Felsen leiten zu lassen. Die Marsnacht war kalt, und David wurde sich bedauernd der Wärmekraft bewußt, die selbst die 130 Millionen Meilen entfernte Marssonne noch besaß.

Der Sandbuggy war unsichtbar, oder im schlechten Sternenlicht jedenfalls beinahe unsichtbar. Das leise gleichmäßige Schnurren der Maschinen hörte er lange, bevor er das Gefährt sehen konnte.

»Bigman!« rief er. Der kleine Bursche hüpfte aus dem Buggy.

»Beim All! Ich dachte schon, du hättest dich verlaufen«, bemerkte Bigman.

»Warum läuft der Motor?«

»Das ist leicht zu beantworten. Wie soll ich sonst wohl verhindern, daß ich mich totfriere? Hören kann man uns aber nicht. Ich kenne mich hier aus.«

»Hast du die Filme?«

»Ob ich die Filme habe, fragt er. Ich weiß zwar nicht, was du in dem Brief geschrieben hast, aber mich haben fünf bis sechs Bücherwürmer wie Sternschnuppen umkreist. Es ging nur »Mr. Jones hier, Mr. Jones da. Ich hab' gesagt, mein Name ist Bigman.« Danach hieß es »Mr. Bigman, bitte schön! Na, jedenfalls«, Bigman nahm zum Zählen die Finger zur Hilfe, »ehe der Tag um war, hatten sie vier Filme für mich, zwei Lesegeräte, eine Kiste, so groß wie ich, die hab' ich noch nicht aufgemacht, und einen Sandbuggy als Leihgabe obendrein – oder als Geschenk vielleicht, was weiß ich –, um den ganzen Zinnober zu transportieren.«

David lächelte, sagte aber nichts. Er kletterte in den Wagen. Die Wärme war einladend. Schnell, um der flüchtigen Nacht zuvorzukommen, stellte er die Lesegeräte auf Projektion und legte in jedes einen Film ein. Direktes Ablesen wäre schneller und besser, aber selbst im warmen Inneren des Buggys mußte man das Nasenstück aufbehalten und der gewölbte, über den Augen liegende Verschluß machte eine Direktbetrachtung unmöglich.

*

Der Sandbuggy kroch langsam durch die Nacht, dabei legten sie beinahe den gleichen Weg zurück, wie damals, als Griswolds Gruppe zum Checkup ausgerückt war.

»Ich begreife das nicht«, kam es von Bigman. Er hatte fünfzehn Minuten lang ohne Erfolg vor sich hingemurmelt und mußte seine Aussage gleich zweimal, und zwar erheblich lauter als zuvor wiederholen, bevor der in Gedanken versunkene David reagierte.

»Was begreifst du nicht?«

»Was du da tust. Wo du hinwillst. Ich schätze, es geht mich aber etwas an, denn von jetzt ab werde ich bei dir bleiben. Ich habe heute viel nachgedacht Mr. St... Williams, eine ganze Menge habe ich mir durch den Kopf gehen lassen. Mr. Makian ist seit einigen Monaten schlecht gelaunt, vorher war er gar kein so übler Bursche. Damals ist Hennes aufgekreuzt und ließ die Spielkarten neu austeilen. Und Schuljunge Benson ist plötzlich wer. Vorher war er ein Niemand, und auf einmal steht er mit den Großkopfeten auf du und du. Um das Maß vollzumachen, kommst du hierher, und der Wissenschaftsrat stellt dir zur Verfügung, was dein Herz begehrt. Es ist eine große Sache, das ist mir klar und ich will dabei mitmachen.«

»So, willst du das?« fragte David. »Hast du auf die Karten geachtet, die ich mir angesehen habe?«

»Sicher. Waren bloß alte Marskarten. Hab' ich tausendmal gesehen.«

»Und die schraffierten Stellen? Weißt du, was die zu bedeuten haben?«

»Das kann dir jeder Farmboy sagen. Darunter sollen Höhlen sein, aber ich glaube nicht dran. Mein Standpunkt ist der: wie, beim All, kann jemand behaupten, in zwei Meilen Tiefe befinden sich Höhlen, wenn noch niemand unten gewesen ist, um es festzustellen? Erkläre mir das mal.«

David hielt sich nicht damit auf, Bigman Seismographie auseinanderzusetzen. Statt dessen sagte er: »Schon mal was von Marsbewohnern gehört?«

Bigman legte los: »Klar, was für eine Frage...« dann quietschte der Sandbuggy und erzitterte, als die Hände des kleinen Burschen zuckend am Lenkrad arbeiteten. »Du meinst *richtige* Marsianer? Mars-Marsianer, keine Mars*bewohner* wie wir. Marsianer die hier gelebt haben, bevor wir von der Erde gekommen sind?«

Sein dünnes Lachen ertönte durchdringend im Wageninneren, und als er wieder zu Atem gekommen war (es ist schwierig mit einem Nasenstück gleichzeitig zu lachen und Luft zu holen), sagte er: »Du hast mit diesem Kerl Benson geredet.«

David legte trotz Bigmans Schadenfreude nichts von seinem Ernst ab. »Warum sagst du das?«

»Wir haben ihn einmal dabei erwischt, wie er so ein Buch darüber gelesen hat und dann natürlich bis zum Gehtnichtmehr veräppelt. Hüpfende Asteroiden, hat der das vielleicht krummgenommen. »Ignorante Bauern« hat er uns genannt, ich schlage also das Wort im Lexikon nach und erzähle den Jungs, was es bedeutet. Von schwerer Körperverletzung war eine Zeitlang die Rede, und eine Weile wurde Benson noch ein bißchen herumgeschubst. Uns gegenüber hat er danach nie wieder etwas über Marsmenschen erwähnt, hat sich nicht getraut. Schätze, er hat sich gedacht, dir als Erdbewohner könne er solchen Kometenwind aufbinden.«

»Bist du sicher, daß es Kometenwind ist?«

»Hundertprozentig. Was sollte es sonst sein? Seit Jahrhunderten gibt es Menschen auf dem Mars. Niemand hat je einen Marsbewohner gesehen.«

Nimm mal an, sie sind zwei Meilen tief da unten in den Höhlen.«

»Die Höhlen hat auch noch niemand gesehen. Davon mal abgesehen, wie sollten die Marsbewohner da überhaupt hingekommen sein? Wir Menschen haben jeden Quadratzentimeter Marsoberfläche abgesucht, und es gibt bestimmt keine Wendeltreppen oder gar Fahrstühle nach da unten.«

»Bist du sicher? Ich habe neulich so etwas gesehen.«

»Was?« Bigman schaute über die Schulter nach hinten. »Nimmst du mich auf den Arm?« fragte er.

Es war keine Wendeltreppe sondern ein Loch. Und das war zwei Meilen tief.«

»Oh, du meinst die Spalten. Quatsch, das hat nichts zu bedeuten. Der Mars ist voll davon.«

»Genau, Bigman. Davon habe ich auch präzise Karten. Sieh her. Etwas ist seltsam daran, und den Unterlagen zufolge, die du mitgebracht hast, hat es noch niemand bemerkt. Kein einziger Spalt schneidet eine der Höhlen.«

»Was beweist das?«

»Es ergibt einen Sinn. Wenn du luftdichte Höhlen anlegen würdest, hättest du dann gerne ein Loch in der Decke? Und es gibt noch einen Zufall. Jede Spalte liegt nahe bei einer Höhle, ohne sie jedoch zu berühren, ganz so, als ob die Marsbewohner sie als Einstiegsstellen zu den von ihnen gebauten Höhlen benutzt hätten.«

Der Sandbuggy stoppte plötzlich. Im schwachen Schein der Lesegeräte, die immer noch zwei Karten gleichzeitig auf die flache weiße Oberfläche der eingebauten Schirme projizierten, blinzelte Bigman David auf dem Rücksitz düster an.

Er sagte: »Warte mal, warte mal eine hüpfende Sekunde. Wohin fahren wir eigentlich?«

»An die Spalte, Bigman. Ungefähr zwei Meilen weiter als die Stelle, an der Griswold rübergegangen ist. Dort liegt die Höhle unter der Makianfarm.«

»Und wenn wir dort sind?«

»Wenn wir dort sind?«

»Wenn wir dort sind, werde ich natürlich hinunterklettern«, sagte David ruhig.

IX

DIE SPALTE HINAB

»Meinst du das im Ernst?« erkundigte sich Bigman.

»Du willst sagen«, er versuchte zu lächeln, »es gibt wirklich Marsbewohner?«

»Wenn ich ja sagen würde, nimmst du's mir ab?«

»Nein.« Er rang sich zu einer plötzlichen Entscheidung durch. »Aber das spielt keine Rolle. Ich habe gesagt, ich bin dabei, und jetzt mache ich keinen Rückzieher.« Der Wagen setzte sich wieder in Bewegung.

Die schwache Morgendämmerung des Marshimmels begann die grimmige Landschaft zu erhellen, als sich der Wagen der Spalte näherte. Sie waren bereits seit einer halben Stunde Schrittempo gefahren, die starken Suchscheinwerfer des Wagens tasteten sich durch die Dunkelheit. Das geschah für den Fall, so hatte Bigman es ausgedrückt, daß sie plötzlich auf die Spalte treffen sollten.

David kletterte aus dem Wagen und näherte sich dem gewaltigen Spalt. Bis hierher war das Licht noch nicht vorgedrungen. Vor ihm lag ein schwarzes unheildrohendes Loch im Boden, das sich nach beiden Seiten hin aus dem Sichtfeld verlor und dessen gegenüberliegender Rand sich grau abhob. Er richtete seine Taschenlampe nach unten, der Strahl endete im Nichts.

Bigman näherte sich von hinten. »Ist es hier, bist du sicher?«

David schaute sich um. »Laut Karte liegt diese Stelle einer Höhle am nächsten. Wie weit ist es bis zur nächsten Farmparzelle?«

»Bestimmt zwei Meilen.«

Der Mann von der Erde nickte. Es war unwahrscheinlich, daß Farmboys, außer vielleicht beim Checkup, bis an diese Stelle kamen.

»Zwecklos, länger zu warten«, meinte er.

Bigman sagte: »Wie willst du das überhaupt anstellen?«

David hatte bereits die Kiste, die Bigman in Wingard City in Empfang genommen hatte, aus dem Wagen gehoben. Er riß die Verpackung auf und nahm den Inhalt heraus. »Schon mal das hier gesehen?« fragte er.

Bigman schüttelte den Kopf. Mit Daumen und Zeigefinger spielte er an einem der Enden. Es handelte sich um ein seidig aussehendes Doppelseil, das im Abstand von fünfundvierzig Zentimetern Querverbindungen aufwies.

»Eine Strickleiter nehme ich an«, sagte er.

»Ja«, erwiderte David, »aber keine aus Hanf. Es handelt sich um gesponnenes Silikon, leichter als Magnesium, zugfester als Stahl, und dabei ist sie gegen die auf dem Mars vorkommenden Temperaturen nicht anfällig. Meistens wird sie auf dem Mond eingesetzt, da sind die Gravitationsverhältnisse wirklich niedrig, und die Berge ausgesprochen hoch. Auf dem Mars kann man nicht viel mit dem Ding anfangen, ist ja alles ziemlich flach hier. Es ist ein glücklicher Zufall, daß der Rat in der Stadt eine auftreiben konnte.«

»Was soll dir die Strickleiter nützen?« Bigman ließ sie der Länge nach durch die Finger laufen, bis er an eine dicke Metallbirne am Ende kam.

»Vorsicht«, bemerkte David warnend. »Ohne eingerasteten Sicherheitsbügel kann man sich ziemlich schwer daran verletzen.«

Er nahm Bigman die Strickleiter behutsam aus den Händen, umfaßte die Metallbirne mit seinen starken Händen und drehte in entgegengesetzte Richtungen. Die Folge war ein kleines scharfes Klicken, aber als er sie freigab, schien die Birne unverändert zu sein.

»Jetzt sieh mal.« Je näher es auf den Spalt zuging, desto mehr dünnte der Mutterboden des Mars aus. Die Kante der Klippe selbst bestand aus blankem Fels. David bückte sich und verband die Birne mit dem Rand des Abgrundes. Er ließ los, aber die Leiter blieb in einem seltsamen Winkel hängen.

»Heb sie hoch«, forderte er Bigman auf.

Der kleine Kerl sah ihn an, dann bückte er sich und zog. Einen Augenblick lang zeichnete sich auf seinem Gesicht Überraschung ab, denn die Birne blieb wie angewurzelt an ihrem Platz, dann zerrte er mit aller Kraft daran, aber es passierte immer noch nichts. »Was hast du gemacht?«

David lächelte. »Wenn der Sicherheitsbügel ausgeschaltet ist, setzt jeder Druck auf die Birnenspitze ein winziges, etwa fünfundzwanzig Zentimeter großes Kraftfeld in Gang, das in den Fels reicht. Die Feldenden dehnen sich dann nach allen Richtungen ungefähr fünfzehn Zentimeter aus und bilden so ein »T«. Die Feldkanten sind stumpf, nicht scharf, deswegen kann man durch seitliches Rütteln nichts ausrichten. Um die Birne loszubekommen, müßte man schon den Fels selbst herausbrechen.«

»Wie bekommt man sie ab?«

David ließ die dreißig Meter der Leiter durch die Hände gleiten und gelangte am anderen Ende an eine ähnliche Birne. Er verdrehte sie und preßte sie gegen den Fels. Sie hielt, und nach ungefähr fünfzehn Sekunden kullerte die erste Birne beiseite.

»Wenn man die eine Birne aktiviert«, sagte er, »wird die andere automatisch ausgeschaltet. Natürlich auch, falls man die Sicherung der aktivierten Birne betätigt«, er beugte sich vor, und tat genau das, »schaltet man aus«, er richtete sich auf, »und die andere wird davon nicht betroffen.«

Bigman ging in die Hocke. Wo die beiden Birnen gewesen waren, befanden sich nun schmale, ungefähr zehn Zentimeter lange Einschnitte im Gestein. Sie waren zu schmal, um einen Fingernagel hineinstecken zu können.

»Ich habe Wasser und Lebensmittel für eine Woche mit«, sagte David. »Ich fürchte, mein Sauerstoffvorrat langt nur zwei Tage, aber warte trotzdem eine Woche. Falls ich dann nicht zurück bin, gibst du diesen Brief hier beim Hauptquartier des Rats ab.«

»Warte mal. Du glaubst doch nicht etwa wirklich an diese Märchenbuchmarsmenschen...«

»Ich denke an eine Menge Sachen. Ich könnte abrutschen. Die Strickleiter könnte defekt sein. Ich könnte sie versehentlich an einer Stelle verankern, wo der Fels eine schwache Stelle hat. Alles mögliche könnte vorkommen. Kann ich mich auf dich verlassen?«

Bigman machte einen enttäuschten Eindruck. »Ich soll also hier oben rumhocken, während du inzwischen Kopf und Kragen riskierst?«

»So läuft Teamwork nun einmal, Bigman. Das weißt du doch.«

Er beugte sich über den Spaltenrand. Vor ihnen schob sich die Sonne über den Horizont. Das Himmelsschwarz wurde zu Violett. Die Spalte jedoch blieb eine abweisende finstere Gruft. Die dünne Marsatmosphäre verteilte das Licht nicht besonders gut, und nur wenn die Sonne genau darüber stand, wurde die ewige Nacht aus der Spalte vertrieben.

Mit stoischer Ruhe warf David die Leiter hinab. Das Material erzeugte kein Geräusch, als es, von der Birne am oberen Rand des Grates festgehalten, auf den Fels traf. Sie konnten hören, wie die andere Birne in dreißig Meter Tiefe ein- zweimal dumpf anschlug.

Um die Verankerung zu testen, rüttelte David am Seil,

dann griff er mit den Händen nach der obersten Sprosse und sprang in die Gruft hinab. Mit weniger als der Hälfte der Fallgeschwindigkeit, wie sie auf der Erde normal gewesen wäre, hinabzusinken, ließ einen an schwebende Daunenfedern denken. Das war aber auch schon alles. Sein tatsächliches Gewicht lag nicht viel unter dem, was es auf der Erde betrug. Man mußte die beiden Sauerstoffbehälter auf dem Rücken hinzurechnen. Dabei handelte es sich um die größten, die auf der Farm aufzutreiben gewesen waren.

Sein Kopf lugte über den Felsrand. Bigman starrte ihn mit großen Augen an. »Verschwinde jetzt und nimm den Wagen mit«, sagte David. »Schaff die Projektoren und Filme zum Rat zurück und laß nur den Scooter hier.«

»Gemacht«, sagte Bigman. Alle Wagen führten vierrädrige Notplattformen mit sich, die aus eigener Kraft fünfzig Meilen weit kamen. Sie waren unbequem und boten gegen Kälte oder Stauborkane keinen Schutz. Trotzdem, wenn ein Sandbuggy meilenweit von Zuhause den Geist aufgab, waren die Scooter immer noch besser, als darauf warten zu müssen, bis man gefunden wurde.

David Starr schaute hinab. Es war zu dunkel, um das Leiterende zu erkennen. Die silbrige Oberfläche des Materials wurde zu einem glimmrigen Grau. Er ließ seine Beine frei in der Luft baumeln und ließ sich mit den Armen Sprosse für Sprosse die Felswand hinab. Dabei zählte er. Bei der achtzigsten Sprosse angekommen, langte er nach dem losen Ende und wickelte es auf, nachdem er einen seiner Arme durch die Sprosse gesteckt hatte. Dadurch waren beide Hände frei.

Als er die untere Birne im Griff hatte, langte er nach rechts und warf sie gegen den Fels. Sie blieb haften. Er zerrte heftig, aber sie saß fest. Schnell hangelte er sich von seiner bisherigen Position zum durchhängenden

Ende der Strickleiter, die jetzt an ihrem neuen Anker schwang. Die eine Hand ließ er auf dem Teil der Leiter, den er gerade verlassen hatte, und wartete darauf, daß sie nachgab. Als das geschah, schleuderte er sie nach außen, damit die obere Birne weit entfernt von ihm herabfiel.

Er fühlte den leichten Pendeleffekt am eigenem Leibe, als die Birne, die vor dreißig Sekunden noch oben an der Klippenkante geklebt hatte, nun in ungefähr fünfundfünfzig Meter Tiefe hin- und herschlug. Er sah hoch. Man konnte einen breiten Streifen violetten Himmels erkennen, aber er wußte, daß er mit jeder Sprosse, die er hinabkletterte, schmaler und schmaler werden würde.

Tiefer hinab. Alle achtzig Sprossen stellte er eine neue Verankerung her, erst rechts von der vorherigen, dann wieder links. So hielt er die Gesamtrichtung nach unten ungefähr lotrecht.

Sechs Stunden waren vergangen, und David hielt wieder mal an, um einen Happen Nahrungskonzentrat und einen Schluck Wasser aus der Feldflasche zu sich zu nehmen. Er setzte die Füße auf eine Sprosse und entspannte die Arme so gut es ging. Auf dem Weg nach unten war er nirgends auf einen horizontal verlaufenden Vorsprung gestoßen, der breit genug gewesen wäre, um sich darauf auszuruhen; zumindest so weit seine Taschenlampe reichte.

Das war aus verschiedenen Gründen schlecht. Es bedeutete, daß die Reise nach oben, einmal angenommen, es würde je wieder eine Reise nach oben geben, auf die langsame Tour durchgeführt werden mußte. Dabei klebte man die Birnen abwechselnd an eine gerade noch erreichbare Stelle über sich. Das war zu schaffen, auf dem Mond hatte man es getan. Auf dem Mars war die Schwerkraft doppelt so hoch wie auf dem Mond. Das Fortkommen würde sich schrecklich langsam gestalten, viel langsamer als die Reise hinab. Und die, stellte David grimmig fest, war schon langsam genug. Er konnte nicht viel mehr als eine Meile tief sein.

Unten war alles nachtschwarz. Über ihm war der mittlerweile dünne Strich Himmel heller geworden. David beschloß zu warten. Auf seiner Erdzeituhr war es nach elf Uhr, und damit konnte man auf dem Mars einiges anfangen. Hier betrug die Rotationsgeschwindigkeit nur eine halbe Stunde mehr als auf der Erde. Die Sonne würde bald genau über ihm stehen.

Er überlegte nüchtern, daß die Karten, auf denen die Marshöhlen verzeichnet waren, bestenfalls grobe Näherungswerte darstellten, die aus den Vibrationswellen unter der Planetenoberfläche abgeleitet worden waren. Selbst wenn die Fehler nur geringfügig waren, konnte er doch meilenweit vom wirklichen Einstieg in die Höhlen entfernt sein.

Und es bestand die Möglichkeit, daß es überhaupt keine Eingänge gab. Die Höhlen könnten völlig natürlich entstanden sein, wie die in Karlsbad auf der Erde beispielsweise, einmal abgesehen davon, daß die Marshöhlen sich über Hunderte von Meilen erstreckten.

Er wartete, beinahe in einem Dämmerzustand verfallend, frei über dem Nichts hängend, nur von Dunkelheit und Stille umgeben. Er bewegte seine tauben Finger. Die Marskälte kroch sogar bis unter die Handschuhe. Während des Abstiegs hielt ihn die Anstrengung warm, wenn er Pausen einlegte, hielt die Kälte Einzug.

Er war drauf und dran seine Kletterei fortzusetzen, um nicht auszukühlen, da nahm er den ersten Anflug von schwachem Licht wahr. Er sah hoch und konnte das langsam herabsickernde Gelb des Sonnenscheins sehen. In dem schmalen Streifen Himmel, der seinem Blick erhalten blieb, trat die Sonne über den Rand des Spaltes. Bis das Licht seine größte Helligkeit entwickelt hatte, vergingen zehn Minuten. So lange dauerte es, bis die brennende Kugel voll ins Sichtfeld gerückt war. Klein, wie sie für einen Erdenbewohner aussah, füllte ihr Durchmesser ein Viertel der Spaltöffnung. David wußte, daß das Licht eine Stunde oder weniger anhalten und die Dunkelheit danach für vierundzwanzig Stunden wiederkehren würde.

Während er hastig umherschaute, pendelte er an der Wand. Die Wand war keineswegs völlig glatt, sondern zerklüftet. Überall jedoch genau senkrecht. Es war ganz so, als hätte man mit einem sehr schartigen Messer in die Marskruste geschnitten. Die gegenüberliegende Wand lag jetzt bedeutend näher, als sie es an der Oberfläche getan hatte, aber David schätzte, daß er mindestens noch ein zwei Meilen brauchen würde, bis man sie berühren konnte.

Aber wozu, es kam nichts dabei heraus. Absolut gar nichts!

Und dann sah er den schwarzen Fleck. David stieß scharf pfeifend den Atem aus. Schwarze Stellen gab es woanders auch. Überall, wo ein Felsvorsprung einen Schatten warf, war es schwarz. Aber dieser Fleck war rechteckig. Er wies makellose, oder zumindest makellos erscheinende rechte Winkel auf. Er *mußte* künstlich sein. Eine Art in den Fels getriebene Pforte.

Schnell angelte er nach dem unteren Leiterknoten, klebte ihn so weit er konnte in Richtung auf den Fleck zu, bemächtigte sich der herabfallenden Birne und brachte sie weiter außen in gleicher Richtung an. Er wechselte sie so schnell er konnte und hoffte dabei inständig, das Sonnenlicht möge lange genug halten, und daß der Fleck selbst keine Täuschung sei.

Die Sonne hatte auf ihrer Bahn den Spalt überquert und schien nun auf die Kante der Wand, an der David baumelte. Der Fels in seinem Gesichtskreis, bisher gelblich-rot, wurde nun wieder grau. Aber auf der gegenüberliegenden Seite war noch genug Licht vorhanden, er konnte gut sehen. Von dem Fleck befand er sich weniger als dreißig Meter entfernt, und jeder Knaufwechsel brachte ihn einen Meter näher heran.

Glitzernd wanderte das Sonnenlicht die gegenüberliegende Wand hinauf, und als er den Rand des Flecks erreichte, fiel die Dunkelheit ein. Seine behandschuhten Finger berührten den Rand der Einlassung im Fels. *Sie war glatt.* Die Linie wies weder Fehler noch Unvollkommenheiten auf. Das *mußte* das Werk von intelligenten Wesen sein.

Er brauchte die Sonne nicht mehr. Der kleine Lichtkegel seiner Taschenlampe würde reichen. Er pendelte die Leiter in die Einlassung, und als er den Knauf fallen ließ, fühlte er, wie dieser laut auf Felsgestein aufschlug. Ein horizontal verlaufender Sims!

Hurtig kletterte er hinab, ein paar Minuten später stand er auf dem Fels. Zum erstenmal seit mehr als sechs Stunden hatte er festen Boden unter den Füßen. Er fand den freien Knoten, stieß ihn in Hüfthöhe gegen den Fels, ließ die Leiter herabschwingen, schaltete die Sicherung ein und zog die Birne von der Wand. Zum erstenmal seit mehr als sechs Stunden waren beide Enden der Leiter frei.

David schlang die Strickleiter um Arm und Hüfte und ließ den Blick umherwandern. Der Einschnitt an der Wand war drei Meter breit und einsachtzig hoch. Mit ausgestreckter Taschenlampe ging er vor und kam an eine glatte und ziemlich solide aussehende Steinplatte, die ihm ihrerseits den Zugang verwehrte. Es war ebenfalls das Werk intelligenter Wesen. Es mußte so sein. Aber es war gleichzeitig ein wirksames Hindernis gegen weitergehende Erkundungen.

In seinen Ohren entstand ein plötzlicher Schmerz.

Abrupt drehte er sich um. Dafür gab es nur eine Erklärung. Um ihn herum erhöhte sich der Luftdruck irgendwie. Er bewegte sich wieder in Richtung Abgrund und war keineswegs überrascht, die Öffnung, durch die er gelangt war, von vorher nicht vorhandenem Felsgestein versperrt zu finden. Er war geräuschlos davorgeglitten.

Sein Herz schlug schnell. Offensichtlich befand er sich in einer Art Schleuse. Er nahm das Nasenstück vorsichtig ab und probierte die neue Luft. Sie fühlte sich in der Lunge gut an und war zudem warm.

Er ging auf die innere Steinplatte zu und wartete vertrauensvoll darauf, daß sie sich heben würde.

Genau das geschah, aber gut eine Minute vorher bemerkte David, wie seine Arme plötzlich gegen den Körper gepreßt wurden, so als ob man ihm ein Stahllasso übergeworfen und dann festgezurrt habe. Ihm blieb Zeit, einen Überraschungsschrei auszustoßen und dann wurden seine Beine unter ähnlichem Druck zusammengepreßt.

Und so geschah es, daß David Starr nicht einmal den kleinen Finger rühren konnte, als sich die innere Tür öffnete und somit der Weg in die Höhle frei wurde.

X

DIE GEBURT DES SPACE RANGERS

David wartete ab. Die leere Luft anzureden hatte keinen Sinn. Wesen, die imstande waren, solche Höhlen zu bauen, und denen es möglich war, ihn auf so immaterielle Weise bewegungsunfähig zu machen, waren sehr wohl in der Lage, ihre Karten voll auszureizen.

Er fühlte, wie er abhob und langsam nach hinten

kippte, bis sich sein Körper parallel zum Boden befand. Er versuchte, den Kopf zur Seite zu drehen, stellte aber fest, daß er fast nicht zu bewegen war. Die Fesseln waren allerdings nicht so straff wie jene, die um seine Glieder gespannt waren. Es fühlte sich mehr wie ein Korsett aus samtähnlichem Gummi an, das etwas nachgab, aber nicht viel.

Gleitend bewegte er sich ins Innere. Es war so, als ob er in warme köstliche Luft eintauchte. Als sein Kopf die Schleuse verließ, der letzte Teil seines Körpers, mit dem das geschah, senkte sich traumloser Schlaf auf ihn herab.

David Starr öffnete die Augen, ohne das Gefühl zu haben, daß die Zeit weiterlief, statt dessen spürte er Leben in seiner Nähe. Woher dieser Eindruck stammte, konnte er nicht sagen. Die Wärme wurde ihm als erstes bewußt. Sie glich der eines heißen Sommertages auf der Erde. Dann umgab ihn da noch ein schwacher rötlicher Lichtschimmer, der zum Sehen kaum ausreichte. Als er den Kopf drehte, konnte er die Wände eines kleinen Raumes erkennen. Nirgends eine Bewegung, nirgends Leben.

Und doch, irgendwo hier in der Nähe mußte eine kraftvolle Intelligenz am Werke sein. David fühlte es, ohne zu einer Erklärung fähig zu sein.

Vorsichtig versuchte er eine Hand zu bewegen, und es gelang ohne weiteres. Verwundert richtete er sich auf und fand, daß er auf einer Oberfläche saß, die nachgab, deren Beschaffenheit er aber auf Grund der Dunkelheit nicht feststellen konnte.

Die Stimme kam plötzlich. »Das Geschöpf ist sich seiner Umgebung bewußt...« Der letzte Teil der Aussage war ein unzusammenhängendes Gemisch unverständlicher Geräusche. Es war David nicht möglich, den

Standort der Stimme zu bestimmen. Sie kam von überall und nirgends.

Eine zweite Stimme erklang. Sie hörte sich anders an, obwohl der Unterschied nur ein feiner war. Es klang sanfter, weicher, irgendwie weiblicher. »Bist du gesund, Geschöpf?«

»Ich kann euch nicht sehen«, sagte David.

Die erste Stimme (David assoziierte sie mit der eines Mannes), meldete sich wieder. »Es ist, wie ich es gesagt habe...« Wieder dieser Mischmasch. »Er ist nicht fähig, Geist zu sehen.«

Der letzte Satz kam verschwommen an, aber für Davids Ohr klang es wie »Geist zu sehen«.

»Ich kann Materie sehen«, sagte er, »aber hier ist kaum ausreichend Licht, um etwas erkennen zu können.«

Es herrschte Stille, ganz so, als ob sich die beiden im Hintergrund besprächen, dann wurde ein Gegenstand sanft in Davids Hand geschoben. Es handelte sich um seine Taschenlampe.

»Ist dies«, sagte die männliche Stimme, »im Hinblick auf Licht für dich von Bedeutung?«

»Ja, gewiß. Seht ihr nicht?« Er knipste sie an und ließ den Lichtkegel geschwind um sich tanzen. Im Raum waren keine Lebewesen zu sehen, außerdem war er ziemlich kahl. Der Gegenstand, auf dem er ruhte, war durchsichtig und ragte einen Meter zwanzig über dem Boden auf.

»Es ist, wie ich gesagt habe«, ließ sich die weibliche Stimme aufgeregt vernehmen. »Der Gesichtssinn des Geschöpfes wird durch Kurzwellenstrahlung aktiviert.«

»Aber der Hauptteil der Strahlung des Instruments liegt im Infrarotbereich. Danach habe ich mich gerichtet«, protestierte die andere Stimme. Die Beleuchtung wurde heller, und während die Stimme sprach, durchlief es erst orange, dann gelb, und schließlich weiß.

»Könnt ihr auch die Temperatur senken?« wollte David wissen.

»Aber sie ist sorgfältig deiner Körpertemperatur angepaßt.«

»Trotzdem, ich hätte es gerne etwas kühler.«

Zumindest waren sie kooperativ. Ein hochwillkommener kalter Windhauch strich erfrischend über David hinweg.

Er ließ die Temperatur auf ca. 22 Grad fallen, bis er ihnen bedeutete aufzuhören.

David sagte: »Ich glaube, Ihr unterhaltet euch direkt mit meinem Verstand. Wahrscheinlich ist das der Grund, warum ich euch Weltenglisch sprechen höre.«

Die männliche Stimme sagte: »Der letzte Satz war unverständlich. Aber ganz gewiß kommunizieren wir. Wie sollte man das sonst anstellen.«

David nickte vor sich hin. Das erklärte die gelegentliche laute Störung. Wenn ein Eigenname gebraucht wurde, für den es keine entsprechende begleitende Vorstellung gab, die sein Verstand interpretieren konnte, wurde das nur als Störung empfunden. Geistiges Knistern oder Rauschen.

Die weibliche Stimme sagte: »Es gibt aus der Frühgeschichte unserer Rasse Legenden, demzufolge unsere Geister voreinander verschlossen waren und wir uns mit Hilfe von Symbolen verständigt haben. Aus deiner Frage kann ich keinen anderen Schluß ziehen, als daß es sich bei deinem Volk so verhält, Geschöpf.«

»So ist es«, bestätigte David. »Wie lange ist es her, seit ich in die Höhle gebracht worden bin?«

Die männliche Stimme schaltete sich ein: »Keine ganze Planetenumdrehung. Wir entschuldigen uns für die Unannehmlichkeiten, die wir dir bereitet haben, aber dies war die erste Gelegenheit für uns, eines der Geschöpfe lebend zu untersuchen. Wir haben vorher schon einige geborgen, vor kurzem erst wieder eins, aber keines funktionierte, und die Informationsmenge, die man von ihnen erhalten konnte, war notwendigerweise begrenzt.«

David fragte sich, ob Griswold die kürzlich geborgene Leiche gewesen war. Vorsichtig fragte er: »Habt ihr eure Untersuchung an mir beendet?«

Die weibliche Stimme erwiderte rasch: »Du befürchtest, Schaden zu nehmen. In deinem Geist existiert die ausgeprägte Vorstellung, wir könnten so barbarisch sein, in deine Lebensfunktion einzugreifen, um an Wissen zu gelangen. Wie furchtbar!«

»Es tut mir leid, wenn ich euch beleidigt habe. Es ist nur, daß ich mit eurer Methode nicht vertraut bin.«

Die männliche Stimme sagte: »Wir wissen alles, was wir brauchen. Wir sind durchaus in der Lage, eine molekulare Feinuntersuchung deines Körpers vorzunehmen, ohne daß wir dich berühren müßten. Die Ergebnisse unserer Psychomechanismen sind sicher ausreichend.«

»Was sind diese Psychomechanismen, von denen Sie sprechen?«

»Du bist mit Geist – Materialumwandlung vertraut?«

»Ich fürchte nein.«

Es trat eine Pause ein. Dann sagte die männliche Stimme kurz angebunden: »Ich habe soeben dein Gehirn durchforscht. Nach seiner Beschaffenheit zu urteilen, fürchte ich, daß dein Verständnis für wissenschaftliche Prinzipien nicht ausreicht, um meine Erklärung zu verstehen.«

David fühlte sich zurechtgestutzt. »Ich bitte um Entschuldigung«, sagte er.

Die männliche Stimme fuhr fort: »Ich möchte dir einige Fragen stellen.«

»Fangen Sie an, Sir.«

»Wie war der letzte Teil deiner Aussage?«

»Es handelt sich dabei nur um eine respektvolle Anrede.«

Pause.

»O ja, ich verstehe.« Entsprechend der Person, die du anredest, komplizierst du deine Verständigungssymbole. Ein seltsamer Brauch. Aber ich halte mich auf. Sag mir, Geschöpf, du strömst eine gewaltige Hitze aus. Bist du krank, oder kann das normal sein?«

»Es ist normal. Die toten Körper, die Sie untersucht haben, hatten zweifellos die Temperatur ihrer Umgebung. Aber solange unsere Körper funktionieren, halten sie eine konstante Temperatur, wie sie für uns am besten ist.«

»Dann stammen die nicht von diesem Planeten?«

David sagte: »Bevor ich diese Frage beantworte, darf ich fragen, wie Ihre Einstellung Geschöpfen wie mir gegenüber sein würde, falls wir von einem anderen Planeten stammten?«

»Ich kann dir versichern, daß du und Geschöpfe deiner Art für uns ohne Interesse sind, außer insoweit ihr unsere Neugier weckt. Aus deinem Verstand entnehme ich, daß du unsere Feindschaft fürchtest. Lasse solche Gedanken fallen.«

»Können Sie denn die Antwort auf Ihre Frage nicht in meinem Geist lesen? Weswegen befragen Sie mich noch speziell?«

»In Abwesenheit von präziser Verständigung kann ich nur Gefühlsregungen und allgemeine Einstellungen erkennen. Aber du bist ja ein Geschöpf und würdest das nicht verstehen. Zur präzisen Kommunikation muß die Verständigung eine Willensanstrengung beinhalten. Falls es deinen Geist beruhigt, kann ich dir sagen, wir haben allen Grund zu der Annahme, daß du zu einer Rasse gehörst, die nicht von diesem Planeten stammt. Zum einen ist die Zusammensetzung deines Körpergewebes völlig anders als die aller Lebewesen, von denen man weiß, daß sie auf der Oberfläche der Welt gelebt haben. Zum anderen legt deine Körperhitze den Schluß nahe, daß du von einer anderen Welt kommst, einer wärmeren Welt.«

»Sie haben recht. Wir kommen von der Erde.«

»Das letzte Wort verstehe ich nicht.«

»Vom Planeten eins näher an der Sonne als dieser.«

»So! Das ist hochinteressant. Zu der Zeit, als unsere Rasse sich von zu einer halben Million Umläufe in die Höhlen zurückzog, wußten wir, daß auf deinem Planet Leben vorhanden war, allerdings wahrscheinlich keine intelligenten Formen. War deine Rasse damals schon intelligent?«

»Kaum«, erwiderte David. Eine Million Erdjahre waren vergangen, seit die Marsbewohner die Oberfläche ihres Planeten verlassen hatten.

»Das ist in der Tat interessant. Ich muß diesen Bericht sofort zum Hauptgeist tragen. Kommt...«

»Laßt mich hier...« »Ich würde gerne weiter mit diesem Geschöpf kommunizieren.«

»Wie du wünschst.«

*

»Erzähle mir von deiner Welt«, sagte die weibliche Stimme.

David redete frei von der Leber weg. Ihn überkam eine angenehme, beinahe wohlige Mattigkeit. Jedes Mißtrauen verflog, und es gab keinen Grund, warum er nicht wahrheitsgemäß umfassend antworten sollte. Diese Wesen waren freundlich und gut zu ihm. Die Informationen sprudelten nur so heraus.

Dann ließ sie seinen Verstand aus ihrem Griff und er hielt schlagartig inne. Wütend sagte er: »Was habe ich erzählt?«

»Nichts, das Schaden anrichten könnte«, versicherte ihm die weibliche Stimme. »Ich habe bloß die Hemmungen deines Verstandes unterdrückt. Das zu tun ist ungesetzlich, und ich hätte es nicht gewagt, wäre... hier. Aber du bist nur ein Geschöpf, und ich bin so neugierig. Ich wußte, dein Mißtrauen war zu tief verwurzelt, als daß du ohne meine Nachhilfe geredet hättest. Dabei ist dein Mißtrauen so fehl am Platz. Solange ihr nicht bei uns eindringt, würden wir euch Geschöpfen nie schaden.«

»Das haben wir doch bereits getan oder etwa nicht?« fragte David. »Wir haben euren Planeten ringsum besetzt.«

»Du testest mich immer noch. Du mißtraust mir. Die Oberfläche des Planeten ist für uns ohne Belang. Dies ist unsere Heimat und dennoch«, die weibliche Stimme schien beinahe wehmütig, »von Welt zu Welt zu reisen muß etwas Erregendes haben. Uns ist sehr wohl bekannt, daß es viele Planeten und Sonnen im All gibt. Wenn man sich vorstellt, daß Geschöpfe wie du das alles erleben. Es ist alles so interessant, daß ich immer und immer wieder dankbar dafür bin, daß wir deinen unbeholfenen Abstieg, um uns zu treffen, rechtzeitig bemerkt haben, damit wir eine Öffnung für dich machen konnten.«

»Was!« David konnte nicht anders, er mußte laut schreien, obwohl ihm klar war, daß die Schallwellen, die seine Stimmbänder produzierten, ungehört blieben, und nur in Gedanken in seinem Kopf ertastet wurden.

»Sie haben die Öffnung gemacht?«

»Ich nicht allein. ...hat dabei geholfen. Das war der Grund, weswegen uns die Möglichkeit gegeben wurde, dich zu untersuchen.«

»Aber wie haben Sie das bewerkstelligt?«

»Nun, indem wir es gewollt haben.«

»Ich verstehe nicht.«

»Das ist ganz einfach. Kannst du es nicht in meinem Geist sehen? Aber ich vergaß, du bist ein Geschöpf. Sieh mal, als wir uns in die Höhlen zurückzogen, waren wir gezwungen, viele Kubikmeilen zu vernichten, um unter der Oberfläche Platz für uns zu schaffen. Wir konnten die Materie nirgends aufbewahren, deshalb haben wir sie in Energie... umgewandelt.«

»Halt, halt, ich kann Ihnen nicht folgen.«

»Du verstehst das nicht? In dem Fall kann ich dazu nur sagen, daß die Energie so verwahrt ist, daß man sie mit einer geistigen Anstrengung abrufen kann.«

»Aber wenn die gesamte Materie, die einmal in diesen riesigen Höhlen gewesen ist, in Energie umgewandelt wurde...«

»Das würde eine große Menge Energie ergeben, sicher. Wir leben seit einer halben Million Umläufe davon, und die Berechnungen gehen dahin, daß wir genug für weitere zwanzig Millionen Umläufe haben. Noch bevor wir in die Höhlen gegangen sind, haben wir unser Wissen dermaßen perfektioniert, daß wir Materie, soweit sie unseren persönlichen Gebrauch betrifft, aufgegeben haben. Wir sind rein geistige und energetische Wesen, wir sterben nie und werden nicht mehr geboren. Ich bin hier mit dir zusammen, aber da du Geist nicht mit den Sinnen wahrnehmen kannst, bist du dir meiner nicht bewußt, außer in deinem Verstand.«

»Aber bestimmt können sich Leute wie ihr das ganze Universum untertan machen.«

»Fürchtest du, daß wir mit armseligen Materiegeschöpfen, wie du eines bist, um das Universum wetteifern werden? Daß wir um einen Platz unter den Sternen kämpfen werden? Das ist dumm. Das gesamte Universum ist hier bei uns. Wir sind uns selbst genug.

David schwieg. Dann faßte er mit einer langsamen Bewegung nach seinem Kopf, denn er hatte das Gefühl, wie feine, sehr feine Tastfühler seinen Geist sanft berührten. Es war das erste Mal, daß sich dieses Gefühl einstellte, und er wich vor so viel Intimität zurück.

Sie sagte: »Ich möchte mich wieder entschuldigen, aber du bist ein so interessantes Geschöpf. Dein Verstand sagt mir, die Geschöpfe deiner Art befinden sich in großer Gefahr, und du hast den Verdacht, daß wir vielleicht der Grund dafür sind. Ich kann dir versichern, Geschöpf, dem ist nicht so.«

Ihre Gedanken klangen ganz einfach. David hatte keine andere Möglichkeit, als ihnen zu glauben.

Er sagte: »Ihr Begleiter sagt, mein Gewebe sei chemisch völlig anders als das jeder Lebensform auf dem Mars. Darf ich fragen, inwiefern es sich unterscheidet?«

»Es ist aus einem stickstoffhaltigen Material zusammengesetzt.«

»Protein«, erläuterte David.

»Das Wort verstehe ich nicht.«

»Aus was besteht das marsianische Gewebe?«

»Aus... Es ist völlig anders. Es befindet sich praktisch gar kein Stickstoff darin.«

»Sie können mir also keine Nahrung anbieten?«

»Ich fürchte nein. Jede organische Substanz unseres Planeten wäre giftig für dich. Wir könnten einfache, deiner Zusammensetzung entsprechende Verbindungen herstellen, von denen du vielleicht essen könntest, die komplexen stickstoffhaltigen Bausteine, aus denen die Masse deines Gewebes besteht, überschreitet aber ohne eingehende Forschungen unsere Möglichkeiten. Bist du hungrig, Geschöpf?«

Das Mitleid und die Anteilnahme in ihren Gedanken waren unverkennbar.

(David blieb hartnäckig dabei, sie als Stimme zu betrachten.)

»Im Augenblick habe ich meine eigene Nahrung«, sagte er.

»Es ist mir unangenehm, von dir einfach als Geschöpf zu denken. Wie heißt du?« Dann als Nachsatz sozusagen, als hätte sie Angst, vielleicht nicht verstanden worden zu sein: »Wie identifizieren dich deine Mitgeschöpfe?«

»Ich werde David Starr genannt.«

»Das verstehe ich nicht, außer, daß darin eine Anspielung auf die Sonnen im Universum enthalten zu sein scheint. Nennt man dich so, weil du durch das All reist?«

»Nein. Viele meiner Leute reisen durchs All. »Starr« hat gegenwärtig keine bestimmte Bedeutung. Es handelt sich einfach um einen Klang, um mich zu identifizieren, genau wie eure Namen einfach Klänge sind. Wenigstens erzeugen sie keine Bilder, ich kann sie nicht verstehen.«

»Schade. Du solltest einen Namen tragen, der deine Reise durch das All bezeichnet, wie du von einem Ende des Universums zum anderen ziehst. Wenn ich ein Geschöpf wäre, wie du es bist, erschiene es mir angemessen, »Space Ranger« genannt zu werden.« Und so geschah es, daß David Starr von den Lippen eines lebenden Wesens, das er nicht sehen konnte und in seiner wahren Gestalt nie würde sehen können, den Namen hörte, unter dem er eines Tages im gesamten Milchstraßensystem bekannt sein würde.

XI

DER ORKAN

Eine tiefe bedächtigere Stimme nahm in Davids Geist Gestalt an. Sie sagte ernst: »Ich grüße dich, Geschöpf. Es ist ein guter Name, den ... dir eben gegeben hat.«

»Die weibliche Stimme sagte: »Ich mache Platz für euch…, …«

Durch die Aufhebung einer hauchzarten Berührung in seinem Geist wurde David unmißverständlich gewahr, daß die Besitzerin der weiblichen Stimme nicht mehr in geistigem Kontakt mit ihm stand. Er blickte mißtrauisch umher. Erneut setzte ihm die Illusion zu, daß es Richtungen zu geben schien, aus denen diese Stimmen kamen; sein ungeübter Verstand versuchte immer noch, etwas mit dem er nie zuvor in Berührung gekommen war, auf die alte unzureichende Art und Weise zu deuten. Natürlich kam die Stimme aus keiner Richtung. Sie war in seinem Geist.

Das Wesen mit der tiefen Stimme lotete die Schwierigkeit aus. Es sagte: »Die Unfähigkeit deiner Sinneseinrichtungen, mich auszumachen, verstört dich. Und ich möchte nicht, daß du verstört wirst. Ich könnte die äußere Erscheinung eines Geschöpfes, wie du es bist, annehmen, aber das wäre ein erbärmlicher und würdeloser Schwindel. Würde dies genügen?«

David Starr schaute zu, wie das Glitzern vor ihm in der Luft erschien. Es handelte sich um einen weichen Streifen aus blaugrünem Licht, ungefähr 2,10 Meter hoch und 30 Zentimeter breit.

Er sagte ruhig: »Das genügt durchaus.«

Die tiefe Stimme sagte: »Ausgezeichnet! Und nun laß dir erklären, wer ich bin. Ich bin der Administrator des…

Der Bericht über die Habhaftwerdung eines intakten Exemplares des neuen Oberflächenlebens erreichte mich auf dem Routineweg. Ich werde deinen Geist untersuchen.«

Das Amt des neuen Wesens war für David nichts weiter als ein Geräuschwirrwar gewesen, aber ihm war der unverwechselbare Sinn für Würde und Verantwortung, der damit einherging, nicht entgangen. Dennoch sagte er fest: »Ich würde es entschieden vorziehen, wenn Sie sich aus meinem Geist heraushielten.«

»Deine sittsamen Skrupel sind sehr verständlich und lobenswert«, gab die tiefe Stimme zurück. »Ich sollte erklären, daß meine Untersuchung sich sehr sorgfältig nur auf die Randzonen beschränken wird. Ich werde peinlichst darauf bedacht sein, jedes Eindringen in deine Privatsphäre zu vermeiden.«

David spannte seine Muskeln nutzlos an. Minutenlang geschah nichts. Selbst die schwebende daunengleiche Berührung auf seinem Geist, die vorhanden gewesen war, als die weibliche Stimme darin geforscht hatte, war bei dieser erneuten und kundigeren Untersuchung nicht spürbar, und doch, David war sich bewußt, ohne zu wissen, wie er sich dessen überhaupt bewußt sein konnte, wie die Abteilungen seines Verstandes vorsichtig geöffnet und wieder geschlossen wurden, ohne daß es ihn schmerzte oder beunruhigte.

»Ich danke dir. Du wirst in Kürze freigelassen und auf die Oberfläche gebracht werden«, sagte die tiefe Stimme.

»Was haben Sie in meinem Verstand gefunden?« kam es trotzig von David.

»Genug, um deine Artgenossen zu bedauern. Wir vom Inneren Leben sind früher genauso wie ihr gewesen, deswegen bringen wir etwas Verständnis dafür auf. Dein Volk ist mit dem Universum nicht im Einklang. Du besitzt einen forschenden Verstand, der zu verstehen trachtet, was er dunkel fühlt, ohne über die wahren tiefgründigen Sinne zu verfügen, die dir allein die Wirklichkeit enthüllen könnten. In eurem fruchtlosen Suchen nach den Schatten, die euch umgeben, durchfahrt ihr das All bis an die äußersten Grenzen der Milchstraße. Es ist, wie ich gesagt habe. ... hat dir einen passenden

Namen gegeben. Ihr seid in der Tat eine Rasse von Space Rangern.

Aber wozu dieses rastlose Umherziehen? Der wahre Sieg liegt im Innern. Um das konkrete Universum zu begreifen, müßt ihr erst davon geschieden sein, wie wir es sind. Wir haben uns von den Sternen abgewandt und uns selbst zugekehrt. Wir haben uns in die Höhlen unserer einen Welt zurückgezogen und unsere Körper aufgegeben. Für uns gibt es keinen Tod mehr, außer wenn ein Geist ruhen möchte. Es gibt keine Geburt, außer wenn ein Geist, der ruht, ersetzt werden muß.«

David antwortete: »Aber Sie sind nicht selbst genügsam. Einige von Ihnen leiden unter Neugier. Das Wesen, das vorher mit mir gesprochen hat, wollte etwas über die Erde wissen.«

»... ist vor kurzem geboren. Ihre Tage entsprechen keinen hundert Planetenumläufen um die Sonne. Ihre Kontrolle über ihr Gedankenmuster ist unvollkommen. Wir, die wir reifer sind, können uns leicht die verschiedenen Gestaltungsformen, in die eure Erdgeschichte hätte gewebt sein können, vorstellen. Wenige davon wären euch selbstverständlich, und nicht einmal in unendlich vielen Jahren können sie die möglichen Gedanken der Betrachtung eurer eigenen Welt erschöpfen. Dabei wäre jeder Gedanke genauso faszinierend und anregend wie der eine, der nun mal der Wirklichkeit entspricht. Mit der Zeit wird ... lernen, daß es so ist.

»Aber trotzdem haben Sie sich die Mühe gemacht, meinen Geist zu untersuchen.«

»Um mich dessen zu versichern, was ich vorher nur vermutet habe. Deine Rasse verfügt über die Fähigkeit zu wachsen. Unter günstigen Umständen könnte es in einer Million Umläufe unseres Planeten geschehen – ein Augenblick im Leben der Milchstraße –, daß deine Rasse das Innere Leben erlangt. Das wäre gut. Meine Rasse würde einen Begleiter in der Ewigkeit haben, und wir würden gegenseitig Nutzen daraus ziehen können.

»Sie sagen, wir könnten es erlangen«, sagte David vorsichtig.

»Deine Art hat bestimmt Neigungen, die mein Volk nie besaß. Aus deinem Geist kann ich unschwer erkennen, daß gegen das Wohl der Allgemeinheit gerichtete Tendenzen vorhanden sind.«

»Falls Sie von solchen Dingen wie Verbrechen und Kriegen sprechen, dann sehen Sie in meinem Geist, daß die überwältigende Mehrheit der Menschen die unsozialen Bestrebungen bekämpft. Und obwohl unser Fortschritt dagegen langsam ist, so ist er doch gewiß.«

»Das sehe ich. Ich sehe mehr. Ich sehe wohl, daß du eifrig um das Allgemeinwohl bemüht bist. Du hast einen starken gesunden Geist, und ich würde nicht traurig sein, wenn seine Essenz in einem der unseren verwandelt würde. Ich würde dir gerne bei deinem Streben behilflich sein.«

»Wie?« wollte David wissen.

»Dein Geist ist wieder voller Mißtrauen. Entspanne dich. Meine Hilfe würde sich nicht darin äußern, daß ich persönlich in die Belange deines Volkes eingreifen würde, das versichere ich dir. Solche Eingriffe wären für euch unverständlich und für mich würdelos. Laß mich statt dessen auf die zwei Unzulänglichkeiten zu sprechen kommen, derer du dir selbst innerlich am meisten bewußt bist.

Erstens, da du aus instabilen Bestandteilen zusammengesetzt bist, bist du ein Geschöpf ohne Dauerhaftigkeit. Du wirst nicht nur nach wenigen Planetenumläufen verfallen und dich auflösen, solltest du aber schon vorher einer von Tausenden verschiedenen Belastungen ausgesetzt werden, dann stirbst du. Zweitens bist du der Überzeugung, daß du am besten im geheimen arbeiten kannst, aber das ist gar nicht lange her, daß ein anderes Geschöpf deine wahre Identität entdeckt hat, obwohl du vorgegeben hattest, jemand anderes zu sein. Entspricht das, was ich gesagt habe, der Wahrheit?«

»Es stimmt«, bestätigte David.

»Aber was können Sie dagegen tun?«

»Es ist bereits getan und befindet sich in deiner Hand«, sagte die tiefe Stimme.

Ein weichwebiges Etwas lag in David Starrs Hand. Seine Finger ließen es beinahe fallen bevor sie sich noch vergegenwärtigt hatten, daß sie es hielten. Es war ein beinahe gewichtsloser Streifen... woraus nur?

Die tiefe Stimme beantwortete geduldig den unausgesprochenen Gedanken. »Es ist nicht aus Stoff, Faser, Plastik oder Metall. Es handelt sich überhaupt nicht um Materie, so wie dein Geist Materie versteht. Es ist... Lege es über deine Augen.«

David tat, wie ihm geheißen, und es sprang aus seinen Händen, als ob ihn ein primitives Eigenleben innewohnte, schmiegte sich weich und warm an die Konturen seiner Stirn, von Augen und Nase an, und trotzdem hinderte es ihn nicht am Atmen oder dabei, die Glieder zu bewegen.

»Was ist geschehen?« fragte er.

Bevor er seinen Satz beendet hatte, stand ein Spiegel vor ihm. Er war geräuschlos und schnell wie ein Gedanke aus Energie entstanden. Er konnte sich nur dunkel darin erkennen. Sein Farmboykostüm samt Hüftstiefeln und breiten Rockaufschlägen erschienen unscharf durch einen schattenhaften Nebel, der ständig wechselte, als wäre es dünner Rauch, der zwar dahintreibt, sich aber nicht auflöst. Von der Oberlippe bis zum Scheitel verlor sich sein Kopf in einem Lichtschimmer, der flammte, ohne zu blenden, und durch den man nichts erkennen konnte. Während er hineinstarrte, verschwand der Spiegel und kehrte in den Energievorrat zurück, dem er kurzfristig entnommen worden war.

David fragte zweifelnd: »Sehe ich für andere so aus?«

»Ja, falls sie nur über eine Sinnesausstattung verfügen wie du selbst.«

»Aber ich kann sehr gut sehen. Das bedeutet, daß die Lichtstrahlen in den Schild eindringen. Warum werden sie nicht reflektiert und enthüllen dabei mein Gesicht?«

»Sie werden reflektiert, wie du sagst, aber sie werden beim Durchdringen verändert und enthüllen nur, was du im Spiegel siehst. Um das genau zu erklären, müßte ich Begriffe benutzen, die du doch nicht verstehen würdest.

»Und das übrige«, Davids Hände strichen bedächtig den ihn umgebenden Rauch entlang. Er fühlte nichts.

Die tiefe Stimme beantwortete seine unausgesprochene Frage.

»*Du* fühlst nichts. Aber was dir wie Rauch vorkommt, ist ein Schutzwall gegen kurzwellige Strahlung und für Gegenstände von mehr als Molekülgröße. Unüberwindbar.«

»Wollen Sie damit sagen, es handelt sich um einen persönlichen Kraftschild?«

»Das ist eine grobschlächtige Beschreibung, ja.«

David sagte: »Heilige Milchstraße, das ist unmöglich! Es ist eindeutig bewiesen, daß keine Maschine, die von einer einzelnen Person getragen werden kann, in der Lage ist, ein Kraftfeld zu produzieren, das klein genug ist, einen Menschen gegen Strahlung und körperliche Verletzung zu schützen.«

»Auf alle Wissenschaft, die deine Brüder zu entwickeln in der Lage sind, trifft das zu. Aber die Maske, die du trägst, ist keine Kraftquelle, sondern eine Energiespeichervorrichtung. Sie für wenige Augenblicke der Einstrahlung einer Sonne wie der unseren auszusetzen, genügt, um sie zu aktivieren. Darüber hinaus handelt es sich dabei um einen Mechanismus, durch den man Energie mittels Willensanstrengung abrufen kann. Da dein eigener Geist unfähig ist, diese Kraft zu beherrschen, haben wir sie der Eigentümlichkeit deines Verstandes angepaßt. Sie wird wie gewünscht in Aktion treten. Nimm die Maske jetzt ab.«

David hob die Hand in Augenhöhe, und die Maske fiel ab, als wolle sie auf seinen Willen reagieren. Danach lag sie als Streifen in seiner Handfläche.

Die tiefe Stimme sprach zum letzten Mal. »Und nun wirst du uns verlassen, Space Ranger.«

So sanft, wie man es sich nur vorstellen konnte, schwanden David die Sinne.

Ein langsames Hinüberwechseln in den Zustand des bewußten Denkens fand nicht statt. Alles geschah übergangslos. Ein Augenblick der Ungewißheit darüber, wo er sich befand, ein »Wo-bin-ich?«-Gefühl stellte sich nicht ein.

Er wußte mit Gewißheit, daß er mit eigenen Füßen auf der Marsoberfläche stand, sein Nasenstück trug und daraus Luft bezog. Genau hinter ihm befand sich die Kante des Spalts, an der er die Strickleiter verankert hatte, linker Hand davon, halb zwischen den Felsen verborgen, stand der Scooter, den Bigman zurückgelassen hatte.

Sogar die Art und Weise, in der er auf die Oberfläche zurückgekehrt war, war ihm in allen Einzelheiten bewußt. Es handelte sich dabei nicht um Erinnerung, sondern um eine Information, die absichtlich in seine Erinnerung eingebracht worden war, wahrscheinlich ein letzter Hinweis, um ihn mit der Energieumwandlungsfähigkeit der Marsbewohner zu beeindrucken. Sie hatten für ihn einen Tunnel zur Oberfläche aufgelöst. Man hatte ihn gegen die Schwerkraft mit annähernd Raketengeschwindigkeit befördert, dabei hatten sie den nackten Fels vor ihm in Energie verwandelt und hinter ihm die Energie wieder zu Stein werden lassen, bis er auf der Oberfläche stand.

In seinem Kopf geisterten sogar Worte, die er nicht bewußt gehört hatte. Sie hatten den Klang der weiblichen Stimme aus der Höhle und besagten einfach dies: »Fürchte dich nicht, Space Ranger!«

Er machte einen Schritt nach vorn und bemerkte, daß die warme erdähnliche Umgebung, die man unten in der Höhle für ihn hergestellt hatte, nicht mehr vorhanden war. Er empfand die Kälte durch den Wechsel um so stärker, und der Wind wehte steifer, als er es je auf dem Mars erlebt hatte. Die Sonne stand tief im Osten. Als er in die Spalte hinabgestiegen war, war das ebenfalls so gewesen. Handelte es sich um den nächsten Sonnenaufgang. Er konnte die verflossene Zeit nicht abschätzen, war sich aber sicher, daß sein Abstieg nicht mehr als zwei Morgendämmerungen zurücklag.

Der Himmel sah anders aus. Er schien blauer und die Sonne rötlicher zu sein. David runzelte nachdenklich die Stirn, dann zuckte er die Achseln. Er gewöhnte sich halt an die Marslandschaft, das war alles. Sie wurde ihm vertrauter, und aus Gewohnheit legte er die alten Erdmaßstäbe an.

Nun war es aber Zeit, sofort zur Farmkuppel zurückzukehren. Der Scooter war keineswegs so schnell und bequem wie ein Sandbuggy. Je weniger Zeit man darauf zubrachte, desto besser.

Er nahm eine grobe Peilung an der Felsformation vor und kam sich wie ein alter Hase vor. Mit dieser Methode fanden die Farmboys ihren Weg durch ein Gelände, das wie eine weglose Wüstenei aussah. Sie peilten einen Felsen an, der wie eine »Wassermelone auf einem Hut« ausschaute, fuhren darauf zu, bis sie auf gleicher Höhe mit einem Brocken waren, der einem »Raumschiff mit zwei versetzten Triebwerken« ähnelte und steuerten zwischen diesem und einem anderen, der wie eine »Schachtel mit eingedrücktem Deckel« ausschaute, durch. Die Methode war primitiv, aber man bedurfte außer eines guten Gedächtnisses und bildlicher Vorstellungskraft, mit der die Farmboys reichlich gesegnet waren, keiner weiteren Instrumente.

David folgte dem Kurs, den Bigman als den schnellsten empfohlen hatte, ohne daß man Gefahr lief, sich zwischen weniger markanten Gesteinsformationen zu verlieren. Der Scooter bockte umher, hüpfte dabei verrückt über Vorsprünge und wirbelte bei jeder Richtungsänderung Staub auf. David ging mit den Schlägen mit, die Hacken fest in die dafür vorgesehenen Vertiefungen gestemmt, die Steuerseile aus Metall sicher in beiden Händen. Er unternahm nichts, um die Geschwindigkeit zu vermindern. Selbst wenn das Fahrzeug umkippen sollte, bestand kaum Gefahr, daß er unter den hiesigen Schwerkraftverhältnissen zu Schaden kommen könnte.

Es war ein anderes Ereignis, das ihn halten ließ, und zwar der komische Geschmack auf seiner Zunge sowie das Jucken am Unterkiefer und die ganze Wirbelsäule entlang. Im Mund machte sich ein schwaches Knirschen bemerkbar, und er schaute unwillig auf den Staubpilz, der hinter ihm wie Jetabgase hochschoß. Seltsam, der Staub schwebte an ihm vorbei und umgab ihn. Deswegen bekam er auch den Mund so voll.

Nach vorn und um ihn herum! *Heilige Milchstraße!* Der Gedanke, der ihn in diesem Augenblick überkam, legte sich wie eine würgende kalte Hand um Herz und Kehle.

Er drosselte die Geschwindigkeit und hielt auf einen Felsgrat zu. Dort konnte der Scooter keinen Staub aufwirbeln. Er hielt an und wartete darauf, daß die

Luft aufklarte. Das geschah aber nicht. Seine Zunge ging tastend im Mund hin und her, und fuhr vor der nun zunehmenden Rauheit zurück, die von dem feinen Schmirgelstaub ausging. Er betrachtete die rötlichere Sonne und den blaueren Himmel mit anderen Augen. Die Staubanreicherung in der Luft war für die vermehrte Lichtberechnung verantwortlich, entzog der Sonne das Azur und übertrug es auf den Himmel insgesamt. Seine Lippen trockneten aus, und der Juckreiz verstärkte sich.

Es bestand kein Zweifel mehr, mit grimmiger Entschlossenheit warf er sich auf den Scooter und raste mit Höchstgeschwindigkeit über Felsen, Geröll und Staub hinweg.

Staub!

Staub!

Selbst auf der Erde waren die Menschen mit den Stauborkanen auf dem Mars bestens vertraut. Sie glichen nur vom Geräusch her den Sandstürmen in den Wüsten auf der Erde. Dies hier war der tödlichste Orkan, den man im bewohnten Sonnensystem kannte. Niemand, der wie David Starr es jetzt war, ohne Sandbuggy als Schutz, meilenweit vom nächsten Unterschlupf entfernt, hatte je in der gesamten Marsgeschichte einen Stauborkan überlebt. Unfähig die Strecke zu schaffen, hatten sich Menschen im Todeskampf fünfzehn Meter vor einer Kuppel am Boden gewälzt, während Beobachter im Inneren es ohne Sandbuggy nicht wagten oder vermocht hätten, einen Rettungsversuch zu unternehmen.

David Starr war sich bewußt, daß ihm nur noch wenige Minuten von dem gleichen qualvollen Tod trennten. Schon kroch der Staub unbarmherzig zwischen Nasenstück und Gesichtshaut. In seinen tränenden, blinzelnden Augen konnte er ihn spüren.

XII

DER FEHLENDE BEWEIS

Die Ursachen für die Stauborkane auf dem Mars sind nicht genau bekannt. Genauso wie der Erdmond ist die Marsoberfläche zum großen Teil mit feinkörnigem Staub bedeckt. Im Gegensatz zum Mond verfügt der Mars jedoch über eine Atmosphäre, in der Staub aufgewirbelt werden kann. Normalerweise ist das nicht weiter schlimm. Die Marsatmosphäre ist dünn, und Winde halten nicht lange vor.

Aber manchmal – die Gründe sind im einzelnen nicht bekannt, stehen aber möglicherweise mit Elektronenbeschuß aus den Tiefen des Weltraums in Zusammenhang – lädt sich der Staub elektrisch auf, und die Partikel stoßen einander ab. Selbst ohne Windeinwirkung würden sie unter diesen Gegebenheiten dazu neigen, hochzusteigen. Jeder Schritt verursacht eine Wolke, die sich nicht wieder legt, sie schwebt vielmehr auf und verteilt sich in der Luft.

Wenn Wind dazukommt, kann man mit Fug und Recht von einem ausgewachsenen Stauborkan sprechen. Der Staub verdichtet sich nie so sehr, daß die Sicht beeinträchtigt würde, hierin liegt nicht die Gefahr. Es ist vielmehr die alles durchdringende Eigenschaft des Staubes, die tödliche Folgen zeitigt.

Überall dringen die Staubteilchen ein, so fein sind sie. Die Kleidung kann sie nicht abhalten, der Schutz, den ein Felsvorsprung bieten kann, wird bedeutungslos, selbst das Nasenstück mit seinem breiten auf dem Gesicht anliegenden Dichtungsring, kann nichts gegen einzeln eindringende Partikel ausrichten.

Tobt ein Orkan in voller Stärke, genügen zwei Minuten, um einen unerträglichen Juckreiz hervorzurufen, fünf

Minuten sind ausreichend, um einen Menschen praktisch erblinden zu lassen, und fünfzehn Minuten sind tödlich. Sogar ein schwacher Sturm, so leicht, daß Menschen, die ihm ausgesetzt sind, ihn nicht einmal bemerken, ist in der Lage, freiliegende Hautpartien rot werden zu lassen. Das nennt man Staubbrand.

David Starr wußte das alles und noch einiges mehr. Ihm war klar, daß seine Haut sich rötete. Er hustete, ohne daß dadurch sein verkrusteter Schlund frei wurde. Er hatte versucht, den Mund fest zusammenzupressen und die Atemluft durch die kleinste Lücke, die er für menschenmöglich hielt, entweichen zu lassen. Es half nichts. Der Staub kroch weiter an seinen Zähnen vorbei. Der Scooter bockte unregelmäßg, als der Staub seinem Motor das gleiche antat, was er mit David machte.

Seine Augen waren inzwischen beinahe zugeschwollen. Die strömenden Tränen sammelten sich am unteren Dichtungsrand des Nasenstücks wodurch die Sichtscheibe beschlug, aber durch diese konnte er ohnehin nichts mehr erkennen.

Nichts außer den aufwendig verarbeiteten Fugen einer Kuppel oder eines Sandbuggys hielt dem Staub stand. Nichts.

Nichts?

Während der Juckreiz ihn zum Wahnsinn trieb und trotz des schneidenden Hustens dachte er verzweifelt an die Marsbewohner. Würden sie gewußt haben, daß sich ein Stauborkan zusammenbraute? Könnten sie es gewußt haben? Falls sie es wußten, hätten sie ihn dann an die Oberfläche geschickt? Aus seinem Geist mußten sie gelesen haben, daß er nur einen Scooter als Transportmittel besaß. Sie hätten ihn mit Leichtigkeit kurz vor der Farmkuppel an die Oberfläche transportieren können, oder wenn sie gewollt hätten, auch gleich ins Innere der Kuppel.

Sie *mußten* gewußt haben, daß die Umstände auf einen Stauborkan hinausliefen. Er erinnerte sich, daß das Wesen mit der tiefen Stimme seine Entscheidung ihn auf die Oberfläche zurückzuschicken, so abrupt getroffen hatte, als ob sie ausreichend Zeit lassen wollten, um David in den Orkan geraten zu lassen.

Doch die letzten Worte der weiblichen Stimme, die Worte, die er nicht mit Bewußtsein vernommen hatte und die deswegen – dessen war er sich sicher – in sein Gedächnis eingepflanzt worden waren, während er durch den Fels getragen wurde, hatten gelautet: »Fürchte dich nicht, Space Ranger.«

Während er sich das noch durch den Kopf gehen ließ, fand er die Antwort. Eine Hand suchte in der Tasche, die andere griff nach dem Nasenstück. Das Nasenstück kam herunter, und die teilweise geschützte Nase und seine Augen bekamen eine frische, brennende und die Haut reizende Staubdusche.

Ihn überkam das unwiderstehliche Bedürfnis zu niesen, aber er kämpfte dagegen an. Unfreiwilliges Atmen würden seine Lungen mit Unmengen von Staub füllen. Das allein konnte tödlich sein.

Er hielt den Materiestreifen, den er aus der Tasche geholt hatte, hoch, ließ ihn sich um Augen und Nase schmiegen, dann klappte er das Nasenstück über das Ganze.

Jetzt erst nieste er. Das bedeutete, daß er nun große Mengen der nutzlosen Marsgase einatmete, aber es kam kein Staub. Er ließ tiefe Atemzüge folgen, wobei er soviel Sauerstoff wie möglich tankte, dann atmete er pustend aus und befreite sich dabei von dem Staub in der Mundhöhle.

Um einer möglichen Sauerstoffeuphorie entgegenzuwirken, wechselte er mit bewußtem Einatmen durch den Mund ab.

Während die Tränen den Dreck aus den Augen wuschen und kein neuer Staub mehr hineingelangte, merkte er nach und nach, daß er wieder sehen konnte. Körper und Glieder waren durch das ihn umgebende Kraftfeld verschleiert, und er wußte, daß der obere Teil seines Kopfes im Schein der Maske unsichtbar war.

Sauerstoffmoleküle gelangten ohne Schwierigkeit durch den Schild, die Staubpartikel, so klein sie auch sein mochten, waren groß genug, um abgestoßen zu werden. David konnte den Vorgang mit bloßen Augen verfolgen. Jedes Staubkörnchen, das gegen den Schild traf, wurde aufgehalten, seine Bewegungsenergie in Licht umgewandelt. Dadurch wurde an der Aufprallstelle ein winziger Funke sichtbar. David stellte fest, daß sein ganzer Körper ein Meer solcher Funken war. Sie umdrängten sich gegenseitig und leuchteten um so heller, da die Marssonne, durch den Staub rot und rauchigdüster, den Boden zu seinen Füßen im Halbdunkel beließ.

David klopfte und bürstete über seine Kleider. Staubwolken erhoben sich, viel zu fein, um sichtbar zu sein, selbst wenn die Wolkigkeit des Schildes den Anblick nicht sowieso verhindert hätte. Der Staub verschwand, konnte aber nicht wieder zurück. Er befreite sich zusehends davon. Mit verzweifeltem Blick sah er sich den Scooter an und versuchte, den Motor zu starten. Er wurde nur mit einem kurzen, knirschenden Geräusch belohnt, dann war es still. Das war zu erwarten gewesen. Im Gegensatz zu den Sandbuggys hatten Scooters keine verkapselten Motoren, ja konnten gar keine haben.

Er würde laufen müssen. Der Gedanke war nicht sonderlich furchteinflößend. Die Farmkuppel lag nur etwas über zwei Meilen entfernt, und er verfügte über reichlich Sauerstoff. Seine Flaschen waren randvoll. Die Marsbewohner hatten dafür gesorgt, bevor sie ihn zurückgeschickt hatten.

Er glaubte sie jetzt zu verstehen. Sie *hatten* vom Herannahen des Stauborkans gewußt. Möglicherweise hatten sie sogar nachgeholfen. Bei ihrer langen Erfahrung mit dem Marswetter und ihrer fortgeschrittenen Technologie wäre es seltsam, falls sie nichts über Ursprünge und den Ablauf von Stauborkanen herausgefunden hätten. Als sie ihn in den Orkan geschickt hatten, wußten sie, daß er den vollkommenen Schutz bei sich trug. Vor der Prüfung, die ihm bevorstand, hatten sie ihn weder gewarnt, noch hatten sie auf die Verteidigung dagegen hingewiesen. Das ergab einen Sinn. Falls er der Mann war, der das Geschenk des Kraftschildes verdiente, würde er, ja mußte er, von selbst daraufkommen. Falls nicht, dann war er eben nicht der richtige.

David lächelte selbst dann noch grimmig, als ihn der Kontakt seiner Kleidung mit der geröteten Haut aufstöhnen ließ. Mit langen Schritten setzte er über den Mars. Die Marsbewohner waren bei der Art und Weise, in der sie sein Leben aufs Spiel gesetzt hatten, kühl und emotionslos vorgegangen, aber er konnte beinahe Sympathie für ihr Handeln empfinden. Sein Verstand hatte schnell genug funktioniert, um seinen Kopf zu retten, aber David weigerte sich, darauf stolz zu sein. Er hätte viel früher an die Maske denken müssen.

Der Kraftschild um ihn herum erleichterte sein Fortkommen. Er bemerkte, daß der Schild auch seine Füße umschloß, so daß seine Stiefelsohlen nie mit dem Marsboden in Berührung kamen, sondern etwa einen Zentimeter darüber schwebten. Die Federwirkung zwischen ihm und dem Planeten war elastisch, ganz so, als ob er auf vielen Sprungfedern stünde. Das, zusammen mit der geringen Anziehung, versetzte ihn in die Lage, die Distanz zwischen sich und der Kuppel mit Riesenschritten zu verschlingen.

Er hatte es eilig. Mehr als alles andere auf der Welt, brauchte er jetzt ein heißes Bad.

Als David eine der Außenschleusen der Farmkuppel erreicht hatte, war die schlimmste Phase des Orkans vorüber, und die Lichtblitze auf seinem Kraftschild flackerten nur noch gelegentlich auf. Er konnte die Maske gefahrlos abnehmen.

Als sich die Schleuse vor ihm öffnete, setzte es zunächst nur erstaunte Blicke, dann erschollen die Schreie der diensttuenden Farmboys, die ihn nun umdrängten.

»Beim Jupiter, es ist Williams!«

»Wo bist du gewesen, Junge?«

Über dem verwirrten Gebrüll und gleichzeitig niederprasselnden Fragen, konnte man den schrillen Ausruf vernehmen: »Wie bist du durch den Stauborkan gekommen?«

Die Frage drang durch, und für kurze Zeit wurde es still.

Jemand sagte: »Seht euch sein Gesicht an, wie eine geschälte Tomate.«

Das war übertrieben, aber es lag genug Wahrheit darin, um alle Anwesenden zu beeindrucken. Hände zerrten an seinem Kragen, der gegen die Marskälte eng um seinen Hals geschlugen war. Sie drängten ihn auf einen Stuhl und benachrichtigten Hennes.

Zehn Minuten später traf Hennes ein, er sprang von seinem Scooter und näherte sich mit einem aus Beunruhigung und Wut gemischten Gesichtsausdruck. Sichtbare Anzeichen irgendeiner Erleichterung über die Rückkehr eines seiner Angestellten war nicht zu bemerken.

Er bellte: »Was soll das Ganze bedeuten, Williams?«

Davidhob den Blick und sagte kühl: »Ich habe mich verirrt.«

»Oh, so nennst du das. Wie hast du denn das angestellt?«

»Ich wollte einen Spaziergang machen und bin zu weit gegangen.«

»Du dachtest, du mußt mal Luft schnappen, und da bist du zwei Marsnächte lang herumspaziert. Erwartest du, daß ich das glaube?«

»Fehlt ein Sandbuggy?«

Während Hennes noch mehr anlief, sagte einer der Farmboys hastig dazwischen: »Er ist fertig Mr. Hennes. Er war im Stauborkan.«

»Sei kein Dummkopf. Wenn er draußen im Orkan gewesen wäre, säße er nicht lebendig vor uns«, stellte Hennes fest.

»Ja, weiß ich«, erwiderte der Farmboy«, aber schauen Sie ihn sich an.«

Hennes tat es. Die Rötung an Hals und Schultern war eine Tatsache, die man nicht so leicht vom Tisch wischen konnte.

»Warst du im Orkan?« fragte er.

»Ich fürchte, ja«, sagte David.

»Wie hast du das überstanden?«

»Da war ein Mann«, sagte David, »ein Mann aus Rauch und Licht. Ihm machte der Staub nichts aus. Er nannte sich der Space Ranger.«

Die Männer drängten sich näher. Wütend wandte sich Hennes an sie, sein plumpes Gesicht arbeitete.

»Haut von hier ab!« schrie er. »Geht an die Arbeit. Und du, Jonnitel, schaff einen Sandbuggy her.«

Es dauerte beinahe eine Stunde, bis David gestattet wurde, das heiße Bad, nach dem er sich sehnte, zu nehmen. Hennes erlaubte niemandem, sich David zu nähern. In seinem Büro auf und ab laufend hielt er mitten im Schritt inne, wirbelte in plötzlich aufflammender Wut herum und fragte David ein ums andere Mal: »Was ist mit diesem Space Ranger? Wo hast du ihn getroffen? Was hat er gesagt? Was hat er gemacht?

Wie ist das mit dem Rauch und Licht, von dem du da faselst?«

Zu allem schüttelte David nur leicht den Kopf und antwortete: »Ich bin spazierengegangen. Hab' mich verlaufen. Ein Mann, der sich Space Ranger nannte, hat mich zurückgebracht.«

Hennes gab schließlich auf. Der Farmarzt trat in Aktion, David bekam sein heißes Bad. Sein Körper wurde mit Salben behandelt, und er bekam die passenden Hormonspritzen. Die Injektion von Soporit konnte er auch nicht verhindern. Er schlief beinahe schon, bevor die Nadel herausgezogen war.

*

Er wachte auf und fand sich zwischen sauberen, kühlen Laken im Krankenrevier wieder. Die Hautrötung war merklich zurückgegangen. Sie würden ihn wieder und wieder ins Verhör nehmen, aber er brauchte sie nur noch eine kurze Zeit lang hinzuhalten.

Er war sich sicher, daß er jetzt die Antwort auf das Rätsel der Nahrungsvergiftungen hatte, beinahe die ganze Antwort. Ihm fehlte nur noch das eine oder andere Verbindungsglied und juristische Beweise natürlich.

Er spannte die Muskeln etwas an, als er vom Kopfende seines Bettes her leichte Schritte vernahm. Würde es so schnell weitergehen? Aber es war nur Benson, der sich in sein Blickfeld schob. Bensons wulstige Lippen waren zusammengepreßt, sein dünnes Haar in Unordnung, sein ganzes Gesicht ein sorgenvoller Anblick. Er trug etwas, das wie ein altmodisches ungeschlachtes Gewehr aussah.

»Sind Sie wach, Williams?« fragte er.

»Das sehen Sie doch«, reagierte David trocken.

Benson fuhr sich mit dem Handrücken über die

schweißnasse Stirn. »Die wissen nicht, daß ich hier bin. Sollte ich auch wohl nicht, schätze ich.«

»Warum nicht?«

»Hennes ist davon überzeugt, daß Sie etwas mit den Giftanschlägen zu tun haben. Er hat Makian und mir damit in den Ohren gelegen. Er behauptet, daß Sie da draußen gewesen sind und nichts anderes zu Ihrer Verteidigung anführen könnten außer lächerlichen Märchengeschichten. Ganz gleich, was ich für Sie tue, ich fürchte, Sie stecken in furchtbaren Schwierigkeiten.«

»Was Sie für mich tun? Sie glauben also nicht an Hennes' Komplizentherorie?«

Benson beugte sich vor, und David konnte seinen Atem warm auf dem Gesicht spüren. Der Wissenschaftler flüsterte: »Nein, ich glaube es nicht. Schon deswegen nicht, weil ich davon überzeugt bin, daß Ihre Geschichte stimmt. Das ist der Grund für mein Kommen. Ich muß Sie über dieses Geschöpf, von dem Sie erzählt haben, befragen. Sie behaupten, es sei von Licht und Rauch umgeben gewesen. Sind Sie sicher, daß es nicht doch eine Luftspiegelung gewesen ist, Williams?«

»Ich hab' ihn gesehen«, beharrte David.

»Wie können Sie behaupten, es habe sich um einen Menschen gehandelt? Hat er englisch gesprochen?«

»Er hat nicht gesprochen, hatte aber die Gestalt eines Menschen.« Davids Augen hefteten sich auf Benson. »Glauben Sie, es war ein Marsbewohner?«

»Aha«, Bensons Lippen verzogen sich zu einem krampfhaften Lächeln, »Sie erinnern sich an meine Theorie. Ja, ich glaube, es war ein Marsbewohner. Mann, überlegen Sie. Denken Sie nach! Jetzt kommen sie ans Licht, und jedes bißchen Information könnte entscheidend sein. Uns bleibt so wenig Zeit.«

»Warum so wenig Zeit?« David richtete sich auf einem Ellenbogen auf.

»Natürlich, Sie wissen nicht, was während Ihrer Abwesenheit geschehen ist, aber ehrlich gesagt, Williams, wir sind allesamt der Verzweiflung nahe.« Er hielt das gewehrartige Ding hoch und sagte bitter: »Wissen Sie, was das hier ist?«

»Ich habe Sie früher schon damit gesehen.«

»Das ist meine Probenharpune, eigene Erfindung. Wenn ich in die Silos der Stadt gehe, habe ich das Ding dabei. Sie feuert eine kleine hohle Kapsel in ein Silo mit, sagen wir mal, Weizen ab. Sie ist mit einem Draht an der Harpune befestigt. Eine gewisse Zeit nach dem Abschuß erscheint am Kopfende der Kapsel eine Öffnung, dadurch wird das Innere mit Weizenkörnern gefüllt, danach schließt sich die Kapsel wieder.

Ich hole sie ein und entnehme die Zufallsprobe. Wenn man die Kapselöffnungszeit variiert, kann man Proben aus verschiedenen Tiefen entnehmen.«

David sagte: »Das ist schlau ausgedacht, aber warum haben Sie die Harpune jetzt bei sich?«

»Weil ich mich frage, ob ich sie nach dem Gespräch mit Ihnen nicht doch besser in die Abfallanlage werfen soll. Es war meine einzige Waffe im Kampf gegen die Giftmischer. Bislang hat sie mir nichts genützt und wird es zukünftig gewiß auch nicht tun.«

»Was ist geschehen?« David faßte die Schulter des anderen und drückte fest zu. »Sagen Sie es mir.«

Benson stöhnte vor Schmerz. »Jedes Farmsyndikatsmitglied hat von denjenigen, die hinter den Giftanschlägen stecken, einen neuen Brief erhalten. Es besteht kein Zweifel, daß Brief und Giftanschläge von den gleichen Männern oder eher Wesen stammen. In den Briefen wird das jetzt zugegeben.«

»Was steht drin?«

Benson zuckte die Achseln. »Was bedeuten schon Einzelheiten? Es läuft darauf hinaus, daß wir bedingungslos kapitulieren sollen, oder die Anschläge werden vertausendfacht.

Ich bin der Überzeugung, daß sie dazu imstande sind, und es auch tun werden. Falls das geschieht, werden Erde und Mars, was sage ich, das gesamte System wird in Panik verfallen.«

Er stand auf. »Ich habe Makian und Hennes gesagt, daß ich Ihnen Glauben schenke und Ihr Space Ranger der Schlüssel zu der ganzen Angelegenheit ist, aber sie nehmen es mir nicht ab. Ich vermute, Hennes hat mich sogar im Verdacht, daß ich mit Ihnen unter einer Decke stecke.«

Er schien seinen eigenen Problemen nachzuhängen.

»Wie lange haben wir noch, Benson?« fragte David.

»Zwei Tage. Nein, das war gestern. Jetzt sind es nur noch 36 Stunden.«

36 Stunden!

David würde schnell arbeiten müssen. Sehr schnell sogar. Aber vielleicht war es noch nicht zu spät. Ohne es zu ahnen, hatte Benson ihm das fehlende Stück in der Beweiskette an die Hand gegeben.

XIII

DER RAT GREIFT EIN

Zehn Minuten später ging Benson. Nichts von dem, was David ihm gesagt hatte, befriedigte ihn in Hinblick auf seine Theorie, nach der die Marsbewohner und die Giftanschläge zusammenhingen. Seine Unruhe wuchs zusehends.

»Ich möchte nicht, daß Hennes mich hier erwischt. Wir haben uns Beleidigungen an den Kopf geworfen«, setzte er erklärend hinzu.

»Wie steht es mit Makian? Der ist doch auf Ihrer Seite, oder?«

»Ich weiß es nicht. Er steht morgen vor dem Ruin. Ich bezweifele, daß er noch genügend Rückgrat besitzt, um dem Burschen entgegenzutreten. Also ich gehe jetzt besser. Falls Ihnen etwas einfällt, egal, was es auch ist, lassen Sie es mich wissen, werden Sie das tun?«

Er streckte die Hand aus. David ergriff sie flüchtig, dann war Benson verschwunden.

*

David saß aufrecht im Bett. Seit dem Aufwachen hatte seine eigene Unruhe beständig zugenommen. Seine Kleider lagen auf einem Stuhl am anderen Ende des Zimmers. Seine Stiefel standen aufrecht neben dem Bett. In Bensons Gegenwart hatte er es nicht gewagt, sie zu untersuchen.

Vielleicht, dachte er pessimistisch bei sich, hatte man sie in Ruhe gelassen. Die Hüftstiefel eines Farmboys waren tabu. Etwas aus den Hüftstiefeln zu entwenden, kam als unverzeihliches Verbrechen sofort nach dem Diebstahl eines Sandbuggys in der Wüste. Selbst im Tod wurden die Hüftstiefel zusammen mit dem Farmboy begraben, ohne daß man ihren Inhalt antastete.

David durchwühlte nacheinander die Innentaschen beider Stiefel, und seine Finger stießen dabei auf rein gar nichts. In der einen war ein Taschentuch gewesen, in der anderen einige Münzen. Zweifellos waren sie seine Kleider durchgegangen, damit hatte er gerechnet, aber offensichtlich hatten sie vor seinen Stiefeln nicht haltgemacht. Er hielt den Atem an, während er mit dem Arm auf den Grund des Stiefels tauchte. Das weiche Leder reichte ihm bis an die Achselhöhle und wellte sich zusammen, als seine Finger in die Spitzen griffen. Eine Woge reiner Freude überrollte ihn, als er das weiche stoffartige Material der Marsmaske fühlte.

Vor dem Bad hatte er sie dort aus Prinzip versteckt, allerdings nicht mit dem Schlafmittel gerechnet. Es war reiner Zufall, daß sie die Stiefelspitzen vergessen hatten. In Zukunft würde er vorsichtiger sein müssen.

Er stopfte die Maske in eine Schafttasche und laschte sie zu. Er griff nach den Stiefeln; während er geschlafen hatte, waren sie von jemandem geputzt worden. Das war nett von dem Betreffenden gewesen und verdeutlichte den beinahe instinktiven Respekt, den Farmboys vor Stiefeln besaßen, vor jedermanns Stiefeln.

Seine Kleider hatten auch den Frischduftspender durchlaufen. Den glänzenden Plastikfasern, aus denen sie bestanden, haftete ein ladenneuer Geruch an. Die Taschen waren natürlich allesamt leer, ihr Inhalt lag in einem gedankenlos aufgetürmten Haufen unter dem Stuhl zusammen. Er ging die Sachen durch: es schien nichts zu fehlen. Sogar das Taschentuch und die Münzen aus seinen Schafttaschen waren da.

Er zog Unterwäsche und Socken, den einteiligen Overall und zuletzt die Stiefel an. Er schnallte gerade den Gürtel um, als ein Farmboy mit braunem Bart eintrat.

David schaute hoch und fragte kühl: »Was willst du Zukis?«

Der Farmboy erwiderte: »Wo willst du denn hin, Erdie?« Seine kleinen Augen sprühten wild. David kam die Miene genauso vor wie damals, als er den Mann zum ersten Mal zu Gesicht bekommen hatte. David erinnerte sich an Hennes' Sandbuggy vor dem Arbeitsamt. Er selbst hatte gerade im Begriff gestanden, Platz zu nehmen, als sich das bärtige, wütende Gesicht auf ihn gerichtet hatte und die Waffe abgefeuert wurde, ehe er sich verteidigen konnte.

»Nirgends«, sagte David mit Bestimmtheit, »wofür ich deine Erlaubnis brauchen würde.«

»So ist das, wie? Du irrst dich, Mister, du bleibst hübsch wo du bist. Befehl von Hennes.« Zukis versperrte den Eingang. An seinem tiefsitzenden Gürtel hingen deutlich sichtbar zwei Blaster.

Zukis wartete. Sein schmieriger Bart teilte sich, als er nun gelbzähnig grinste. »Schätze, du hast es dir vielleicht anders überlegt, Erdie?«

»Vielleicht«, sagte David gleichmütig. Dann fügte er hinzu: »Jemand hat mich eben besucht. Wie war das möglich? Hast du nicht aufgepaßt?«

»Maul halten«, fletschte Zukis.

»Oder bist du bestochen worden, mal einen Augenblick woanders hinzusehen? Das könnte Hennes gar nicht gefallen.«

Zukis spuckte aus, wobei er Davids Stiefel um einen Zentimeter verfehlte.

»Würdest du dich von deinen Blastern trennen und das noch einmal versuchen?«

»Sieh dich vor, Erdie, falls du was zu Essen haben willst.«

Er machte die Tür hinter sich zu und drehte den Schlüssel im Schloß. Einige Minuten vergingen, dann hörte man ein metallisches Klappern an der Tür, als diese wieder geöffnet wurde. Zukis trug ein Tablett. Das Gelb von Saft und das Grün von etwas Blättrigem war zu erkennen.

»Gemüsesalat«, bemerkte Zukis. »Für dich gut genug«.

Über den einen Rand des Tabletts lugte ein schwarzer Daumen hervor. Das andere Ende schwebte auf seinem Unterarm, so daß die Hand des Farmboys verborgen blieb.

David richtete sich auf, sprang auf die Seite, zog die Beine an und hechtete auf die Matratze. Überrascht drehte sich Zukis um, aber David schraubte sich in die Luft, wobei der Federkern der Matratze ihm als zusätzliche Unterstützung diente.

Er stieß schwer mit dem Farmboy zusammen, ließ die Faust flach auf dem Tablett niedergehen, riß es dem anderen aus den Händen und schleuderte es zu Boden, während seine andere Hand sich im Bart des Farmboys festkrallte.

Heiser schreiend fiel Zukis um. Davids stiefelbewehrter Fuß landete auf der vorher unter dem Tablett verborgenen Hand des Farmboys. Als sich die gequetschten Finger öffneten und den entsicherten Blaster losließen, wurde der Aufschrei zu einem qualvollen Gekreische.

Davids Hand zuckte aus dem Bart und erwischte die unverletzte Hand des anderen, die nach dem zweiten Blaster tastete. Er riß sie rauh hoch, quer über die Brust des Liegenden hinweg, unter seinem Kopf hindurch und auf der anderen Seite wieder heraus.

»Ruhig«, sagte er eindringlich, »oder ich reiß' dir den Arm von der Schulter.«

Zukis gab nach, seine Augen rollten, und der Atem ging ihm in Stößen. »Was willst du?« schnaufte er.

»Warum hast du den Blaster unter dem Tablett versteckt?«

»Ich mußte mich doch schützen, oder etwa nicht? Falls du mich überfällst, wenn ich die Hände voll habe.«

»Warum hast du dann nicht jemand anderes mit dem Tablett hergeschickt und ihn selbst gedeckt?«

»Daran habe ich nicht gedacht«, wimmerte Zukis.

David zog etwas an und Zukis Mund verzog sich vor Schmerz. »Ich schlage vor, du sagst jetzt die Wahrheit, Freundchen.«

»Ich... ich wollte dich töten.«

»Und was hättest du Makian erzählt?«

»Daß du versucht hast, zu fliehen.«

»War das deine Idee?«

»Nein. Das ist auf Hennes' Mist gewachsen. Hol

dir Hennes. Ich habe nur Befehle ausgeführt.«

David ließ ihn los. Er hob den einen Blaster hoch und stupste den zweiten aus dem Holster. »Steh auf!«

Zukis wälzte sich auf die Seite. Er stöhnte, als er versuchte, sein Körpergewicht mit der gequetschten Rechten und der beinahe ausgekugelten linken Schulter hochzuhieven.

»Was hast du vor? Ich würde keinen unbewaffneten Mann erschießen, du etwa?«

»So, würdest du nicht?« erkundigte sich David mit einem sarkastischen Unterton.

Eine neue Stimme kam hinzu. »Laß die Waffe fallen, Williams«, sagte die Stimme scharf.

David drehte schnell den Kopf. Hennes stand mit gezücktem Blaster auf der Schwelle. Dahinter stand Makian mit grauem und zerfurchtem Gesicht. Hennes' Augen verrieten seine Absicht überdeutlich. Der Blaster war schußbereit.

David ließ die Waffen fallen, die er Zukis soeben entrissen hatte.

»Mit den Füßen herüberstoßen«, befahl Hennes.

David gehorchte.

»Was ist hier passiert?«

David sagte: »Sie wissen was passiert ist. Zukis hat auf Ihren Befehl einen kleinen Mord versucht, und ich habe nicht stillgehalten und es über mich ergehen lassen.«

»Nein Sir, Mr. Hennes. Nein, Sir. Stimmt nicht. Ich habe sein Mittagessen gebracht, da hat er mich überfallen. Ich hatte die Hände mit dem Tablett voll und keine Möglichkeit, mich zu wehren«, blubberte Zukis.

»Halt's Maul!« sagte Hennes mit Verachtung in der Stimme. »Darüber unterhalten wir uns später. Raus mit dir. Du bist in null Komma nichts mit zwei Fesseln wieder da.«

Zukis machte sich davon.

Makian sagte sanft: »Warum Fesseln, Hennes?«

»Weil dieser Kerl ein gefährlicher Scharlatan ist, Mr. Makian. Sie erinnern sich, daß ich ihn mitgebracht habe, weil er etwas über die Giftanschläge zu wissen schien?«

»Ja, ja natürlich.«

»Er hat uns eine Geschichte über eine jüngere Schwester, die an Marsmarmelade gestorben ist, aufgetischt, wissen Sie das noch? Ich habe das nachgeprüft. Nicht allzu viele Todesfälle von der Art, wie der Mann es von seiner Schwester behauptet hat, sind den Behörden bekannt geworden. Weniger als 250, um genau zu sein. Es war einfach, sie alle zu überprüfen. Ich habe das veranlaßt. Es befand sich kein Fall mit einem zwölfjährigen Mädchen darunter, das an einem Bissen Marmelade gestorben ist.«

Makian war überrascht. »Wie lange wissen Sie das schon, Hennes?«

»Beinahe so lange, wie er hier ist. Aber ich habe der Sache ihren Lauf gelassen. Ich wollte sehen, worauf er aus war. Griswold habe ich zur Beobachtung angesetzt...«

»Um mich zu töten, meinen Sie wohl«, fuhr David dazwischen.

»Daß du es so darstellen würdest, ist klar. Du hast ihn umgebracht, weil er dumm genug war, deinen Argwohn zu erregen. Dann hat er es fertiggebracht, sich bei Benson, der tauben Nuß, einzuschmeicheln. Dort konnte er dann aus nächster Nähe den Fortschritt unserer Untersuchungen der Giftanschläge überwachen.

Dann, schließlich und endlich ist er vor drei Tagen aus der Kuppel geschlüpft. Die Gründe dafür sagt er uns nicht. Wollen Sie wissen, warum er das getan hat? Er hat den Männern, die ihn angeworben haben, Bericht erstattet – denjenigen, die hinter all dem stecken.

Es ist mehr als ein Zufall, daß das Ultimatum eintraf, während er fort war.«

»Und wo waren Sie?« erkundigte sich David schnell.

»Haben Sie etwa aufgehört mir nachzuspionieren, als Griswold gestorben war? Falls ich aus den Gründen, die Sie vermuteten, unterwegs war, warum haben Sie dann keine Leute hinter mir hergeschickt?«

Makian machte einen verwirrten Eindruck. »Also...«

Aber David unterbrach ihn. »Lassen Sie mich zu Ende reden, Mr. Makian. Ich vermute, daß Hennes in der Nacht als ich ging, vielleicht gar nicht in der Kuppel war und an dem Tag und in der Nacht darauf ebenfalls nicht. Wo waren Sie Hennes?«

Mit verzerrtem Mund trat Hennes einen Schritt vor. David ließ die hohle Hand in Gesichtshöhe. Er glaubte nicht, daß Hennes schießen würde, war aber darauf gefaßt, nötigenfalls die Schildmaske zu benutzen.

Makian legte seine unruhige Hand auf Hennes' Schulter. »Ich schlage vor, wir überlassen ihn dem Rat.«

»Was soll das mit dem Rat heißen?« warf David rasch ein.

»Geht dich einen feuchten Dreck an«, zischte Hennes.

Zukis kehrte mit den Fesseln zurück. Es handelte sich um bewegliche Kunststoffstäbe, die auf jede erdenkliche Weise gebogen und dann starr gemacht werden konnten. Sie waren ungleich stärker als Stricke oder Handschellen.

»Streck die Hände aus«, befahl Hennes.

Ohne etwas zu erwidern tat David wie ihm geheißen. Die Fesseln wurden zweimal um seine Gelenke gewickelt. Mit hämischem Blick zog Zukis brutal fest, dann entfernte er den Stift. Das hatte eine automatische Neuanordnung der Moleküle zur Folge. Der Kunststoff verhärtete sich; die bei der Neuanordnung entwickelte Energie ließ das Material handwarm werden. Um die

Enkel wurde eine weitere Fessel gelegt.

David nahm still auf dem Bett Platz. In der einen Hand hielt er immer noch den Maskenschild. Makians Bemerkung über den Rat war David Beweis genug, daß er nicht lange gefesselt bleiben würde. In der Zwischenzeit war er es zufrieden, daß die Dinge ihren Lauf nahmen.

Er sagte noch einmal: »Was soll das mit dem Rat?«

Aber er hätte nicht zu fragen brauchen. Von draußen ertönte ein Schrei, und eine Gestalt warf sich wie von einem Katapult geschleudert durch die Tür und rief dabei: »Wo ist Williams?«

Es handelte sich um Bigman höchst persönlich. In voller Lebensgröße, was nicht sehr viel war. Er hatte nur für Davids sitzende Gestalt Augen. Er sprach schnell und atemlos: »Ich habe nichts davon gehört, daß du in einen Stauborkan geraten bist, bis ich in der Kuppel gelandet bin. Zischende Ceres, du mußt gebraten worden sein. Wie bist du durchgekommen? Ich... ich...«

Er bemerkte zum ersten Mal Davids Lage und drehte sich wütend um. »Beim All, wer hat den Boy so gefesselt?«

Hennes war inzwischen wieder zu Atem gekommen. Eine Hand schoß vor und bekam Bigmans Overallkragen zu fassen. Mit einem brutalen Griff hob er den schmächtigen Körper vom Boden. »Ich habe dir gesagt, was passiert, wenn ich dich hier noch einmal erwische, du Wurm«.

»Laß los, du großmäuliger Sack! Ich habe das Recht, hier zu sein. Du hast genau anderthalb Sekunden, um mich loszulassen, oder du verantwortest dich vor dem Wissenschaftsrat«, schrie Bigman.

»Um Mars' willen, Hennes, lassen Sie ihn los«, sagte Makian.

Hennes ließ den kleinen Burschen fallen. »Verschwinde hier!«

»Das könnte dir so passen. Ich bin ordentlicher Angestellter des Rats. Ich bin mit Dr. Silvers gekommen. Frag ihn mal.«

Er nickte mit dem Kopf in Richtung eines großen dünnen Mannes, der unmittelbar vor der Tür stand. Sein Name paßte zu ihm. Das Haar war silberweiß, und er trug einen Schnurrbart gleicher Farbe.

»Wenn Sie entschuldigen«, sagte Dr. Silvers, »ich würde die Angelegenheit jetzt gern selbst in die Hand nehmen. Die Regierung in International City auf der Erde hat den Ausnahmezustand für das Sonnensystem erklärt. Alle Farmen stehen ab sofort unter der Kontrolle des Wissenschaftsrats. Mir wurde aufgetragen, die Makianländereien zu übernehmen.«

»Ich habe so etwas erwartet«, murmelte Makian unglücklich.

»Nehmen Sie dem Mann die Fesseln ab«, befahl Dr. Silvers.

»Er ist gefährlich«, gab Hennes zu bedenken.

»Ich übernehme die volle Verantwortung.«

Bigman sprang auf und klappte die Hacken zusammen. »Los, Hennes.«

Hennes erblaßte vor Wut, sagte aber kein Wort.

*

Als Dr. Silvers Makian und Hennes in Makians Privaträumen wiedertraf, waren drei Stunden vergangen.

Er sagte: »Ich werde alle Produktionszahlen dieser Farm der letzten sechs Monate durchgehen. Ich will Ihren Dr. Benson sehen. Es geht dabei um mögliche Fortschritte, die er vielleicht bei der Aufklärung der Giftanschläge gemacht hat. Wir haben sechs Wochen

Zeit, um diese Nuß zu knacken. Nicht mehr.«

»Sechs Wochen«, explodierte Hennes. »Sie meinen einen Tag.«

»Nein, Sir. Falls wir die Antwort nicht haben, wenn das Ultimatum verstrichen ist, werden alle Lebensmittelexporte vom Mars gestoppt. Wir werden nicht klein beigeben, solange eine Chance vorhanden ist.«

»Beim All«, sagte Hennes. »Die Erde wird hungern«.

»Sechs Wochen lang nicht«, erwiderte Dr. Silvers. »Solange werden die rationierten Vorräte reichen.«

»Es wird zu Panik und Aufruhr kommen«, gab Hennes zu bedenken.

»Stimmt auffallend«, pflichtete Dr. Silvers grimmig bei. »Es wird äußerst unangenehm werden.«

»Sie werden die Farmsyndikate ruinieren«, stöhnte Makian.

»Sie werden so oder so ruiniert sein. Jetzt möchte ich mit Dr. Benson sprechen. Morgen mittag, Punkt zwölf, werden wir eine Viererkonferenz abhalten. Falls sich nicht irgendwo auf dem Mars oder in den Zentrallaboratorien auf dem Mond etwas ergibt, tritt das Embargo morgen um Mitternacht in Kraft. Dann werden Vorkehrungen für eine Marsgesamtkonferenz unter Beteiligung der verschiedenen Syndikatsmitglieder getroffen.«

»Warum?« wollte Hennes wissen.

»Weil«, setzte Dr. Silvers ihm auseinander, »Grund zu der Annahme besteht, daß, wer auch immer hinter diesem wahnwitzigen Verbrechen steckt, in engem Kontakt mit den Farmen stehen muß. Der oder die Verbrecher wissen viel zu gut über die Farmen Bescheid, um eine andere Schlußfolgerung zu ziehen.«

»Was ist mit Williams?«

»Ich habe ihn verhört. Er bleibt bei seiner Geschichte. Die ist, das räume ich ein, seltsam genug. Ich habe ihn in die Stadt schaffen lassen, dort wird er weiter vernommen, wenn nötig unter Hypnose.«

Das Türsignal leuchtete auf.

»Öffnen Sie, Mr. Makian«, sagte Dr. Silvers.

Makian gehorchte, als wäre er nicht mehr der Besitzer einer der größten Marsfarmen und auf Grund dieser Tatsache einer der reichsten und mächtigsten Männer im Sonnensystem.

Bigman trat ein. Er schaute herausfordernd in Hennes' Richtung. »Williams ist unter Bewachung auf dem Weg in die Stadt.«

»Gut«, erwiderte Dr. Silvers, die dünnen Lippen zusammengepreßt.

*

Eine Meile von der Farm entfernt hielt der Sandbuggy an. David Starr stieg mit angelegtem Nasenstück aus. Er winkte dem Fahrer zu; der lehnte sich heraus und sagte: »Denken Sie daran! Schleuse sieben! Wir werden einen unserer Leute dort haben, um Sie einzulassen.«

David lächelte und nickte nur. Er schaute dem Sandbuggy nach, der nun seine Reise zur Stadt fortsetzte, dann kehrte er zu Fuß zur Farmkuppel zurück.

Natürlich spielten die Ratsmänner mit. Sie hatten ihn bei seinem Wunsch, vor aller Augen zu gehen und heimlich zurückzukehren, unterstützt, aber keiner von ihnen, nicht einmal Dr. Silvers, kannte seine Gründe.

Er hatte die Stücke des Puzzles beisammen, aber er brauchte immer noch den Beweis.

XIV

ICH BIN DER SPACE RANGER

Hennes betrat das Schlafzimmer in einer Stimmung, in der sich Müdigkeit und Zorn die Waage hielten. Die Müdigkeit hatte einen einfachen Grund. Es ging auf drei Uhr morgens zu. In den letzten zwei Nächten hatte er nicht allzu viel Schlaf gehabt oder viel Entspannung während der letzten sechs Monate erfahren, so wie die Dinge lagen. Dennoch hatte er es für nötig gehalten, bei der Unterredung zwischen diesem Dr. Silvers vom Rat und Benson anwesend zu sein.

Dr. Silvers hatte das gar nicht gefallen, und darauf war ein Teil des Zorns, der Hennes durchfloß und zu ertränken drohte, zurückzuführen. Dr. Silvers! Kommt dieser alte Schwachkopf aus der Stadt angeschneit und denkt, er könnte in einer Nacht den Schwierigkeiten auf die Spur kommen, obwohl sich die gesammelte Schulweisheit von Mars und Erde seit sechs Monaten vergeblich daran die Zähne ausbeißt. Auf Makian hatte Hennes ebenfalls Wut, und zwar, weil dieser schlaff wie ein gut gefetteter Stiefel, und zum Laufburschen dieses weißhaarigen Trottels geworden war. Makian! Seit zwei Jahrzehnten war er schon zu Lebzeiten eine Legende als der härteste Eigner der härtesten Farm auf dem Mars.

Dann war da noch Benson, der mußte sich überall in seine, Hennes' Pläne, einmischen, zum Beispiel, als er Williams, diesen Grünschnabel, der in alles seine Nase stecken mußte, auf die schnellste und einfachste Art und Weise aus dem Weg räumen wollte. Und dann erst Griswold und Zukis, die waren beide zu dumm gewesen, die nötigen Schritte zu unternehmen, um Makian mit seiner Schlappheit und Benson und dessen Gefühlsduselei auf seine, Hennes' Seite, zu ziehen.

Er brütete kurz über die Frage nach, ob es angebracht sei, eine Schlaftablette zu nehmen oder nicht. Heute nacht wollte er wegen der notwendigen geistigen Beweglichkeit, die der morgige Tag ihm abverlangen würde, ausruhen, andererseits könnte sein Zorn ihn um den Schlaf bringen.

Er schüttelte den Kopf. Nein. Für den Fall, daß sich die Lage im Verlauf der Nacht plötzlich änderte, durfte er keine drogenbedingte Hilflosigkeit riskieren.

Als Kompromißlösung warf er den Magnetschalter, der die Tür verriegelte, um. Er probierte die Tür sogar noch kurz, um sicherzugehen, daß die elektromagnetischen Schaltkreise arbeiteten. In der völlig konventionslosen Männerwelt der Farmkuppel wurden Privaträume so selten abgesperrt, daß es nicht ungewöhnlich war, wenn Isolationen durchscheuerten und Drähte freigelegt wurden, ohne daß es irgend jemand über Jahre hinweg aufgefallen wäre. Seines Wissens war seine eigene Tür nicht mehr abgeschlossen gewesen, seit er die Stellung angetreten hatte.

Der Stromkreis funktionierte. Die Tür erzitterte nicht einmal, als er an ihr zerrte. So weit, so gut.

Er stieß einen tiefen Seufzer aus, setzte sich auf das Bett und zog die Stiefel aus. Müde rieb er sich die Füße, seufzte erneut und zuckte zusammen; es durchfuhr in so plötzlich, daß er vom Bett hochschoß, ohne daß ihm seine Bewegung bewußt wurde.

Sein starrer Blick drückte vollständige Verwirrung aus. Das konnte nicht wahr sein. *Das konnte einfach nicht wahr sein!* Das würde bedeuten, daß Williams' dumme Geschichte doch der Wahrheit entsprechen würde. Und es hieße, Bensons lächerliches Geplapper über Marsbewohner träfe am Ende zu...

Nein, er weigerte sich, das zu glauben. Es wäre viel einfacher sich einzureden, sein schlafbedürftiger Verstand erlaube sich einen privaten Scherz mit ihm.

Aber die Dunkelheit des Raumes war von der kalten blauweißen, aber nicht blendenden Helligkeit erleuchtet. Im Lichtschein konnte er das Bett, die Wände, den Stuhl, die Kommode und sogar seine Stiefel dort stehen sehen, wo er sie abgestellt hatte. Und er konnte das menschenähnliche Geschöpf erkennen. Wo der Kopf sein sollte ein Lichtschein, und ansonsten waren scharfe Körperumrisse nicht auszumachen, statt dessen war da eine Art von Rauch.

Er spürte die Wand an seinem Rücken. Sein Zurückweichen war ihm nicht bewußt geworden.

Das Ding sprach, und die Worte klangen hohl und dröhnend, als ob ein Echo mitschwänge.

Es sagte: »Ich bin der Space Ranger!«

Hennes richtete sich auf. Die erste Verwirrung vorüber, zwang er sich zur Ruhe. Mit kontrollierter Stimme sagte er: »Was willst du?«

Der Space Ranger bewegte sich nicht und sagte kein Wort. Hennes heftete seine Augen wie gebannt auf die Erscheinung.

Der Vormann wartete, sein Brustkorb pumpte, und das Ding aus Licht und Rauch rührte sich immer noch nicht. Es könnte sich um einen Roboter handeln, der so programmiert war, daß er nur diese eine Aussage machte. Einen Augenblick lang fragte sich Hennes, ob dies der Fall sein könnte – und verwarf den Gedanken genauso rasch, wie er ihm in den Sinn gekommen war. Er stand neben der Kommode, und seine ganze Verwunderung ließ ihn diesen Umstand nicht vergessen. Langsam bewegten sich seine Hände.

Im Lichtschein des Dinges war seine Bewegung keineswegs unsichtbar, aber er achtete nicht darauf. Hennes' Hand lag leicht auf der Oberfläche des Sekretärs. Er täuschte eine harmlose Geste vor. Der Roboter, Marsbewohner, Mensch, was es auch sein mochte, dachte Hennes bei sich, würde das Geheimnis des Sekretärs nicht kennen. Es hatte sich im Zimmer versteckt, gewartet, aber den Raum nicht durchsucht. Oder falls es das doch getan hatte, dann handelte es sich um erstklassige Arbeit, da Hennes hin und her schweifende Augen selbst jetzt nichts Ungewöhnliches im Zimmer entdecken konnten. Nichts lag an einer falschen Stelle, nichts irgendwo, wo es nichts zu suchen hatte, von dem Space Ranger selbst einmal abgesehen. Seine Finger berührten eine kleine Nute im Holz. Es handelte sich um einen gebräuchlichen Mechanismus, nur wenige Farmmanager auf dem Mars hatten so etwas nicht. In gewisser Weise war es altmodisch, genauso altmodisch wie der importierte hölzerne Sekretär selbst, eine altertümliche Sitte, die auf die gesetzlosen Tage von einst zurückging, aber Traditionen sterben nun einmal langsam. Die kleine Nut bewegte sich ein bißchen unter seinem Fingernagel, und ein Stück der Holztäfelung an der Seite klappte auf. Darauf war Hennes vorbereitet, und seine Hand griff blitzartig nach dem Blaster, den die Täfelung freigelegt hatte.

Er hielt den Blaster jetzt im Anschlag, und die ganze Zeit hatte das Geschöpf sich nicht bewegt.

Aus diesem Umstand schöpfte Hennes neue Zuversicht und wich zurück. Roboter, Marsbewohner oder Mensch, das Ding konnte einem Blaster nicht widerstehen. Das war eine kleine Waffe, und das Projektil, das sie verschoß, war beinahe lächerlich klein. Die altmodischen »Kanonen« von einst feuerten Metallbohnen, die im Vergleich dazu groß wie Felsen waren. Aber das kleine Projektil eines Blasters war viel tödlicher. Einmal unterwegs, löste alles, was es aufhielt, eine kleine atomare Reaktion aus, die einen submikroskopischen Teil seiner Masse in Energie verwandelte, und bei dieser Umwandlung wurde das im Weg stehende

Objekt, sei es aus Fels, Metall oder menschliche Körpersubstanz, aufgezehrt. Dieser Vorgang wurde von einem Geräusch begleitet, das wie ein Fingerschnippen gegen ein Stück Gummi klang.

»Wer bist du? Was willst du?« fragte Hennes.

Wiederum sprach das Ding, und wiederum sagte es langsam: »Ich bin der Space Ranger!«

Hennes' Lippen verzogen sich in kalter Grausamkeit, als er abdrückte.

Das Projektil verließ die Mündung, raste genau auf das Ding aus Rauch zu, erreichte sein Ziel und stoppte. Es kam plötzlich zum Halten, ohne den Körper zu berühren, der noch einen Zentimeter vom Auftreffen entfernt lag. Selbst die Erschütterung des Aufpralls gelangte nicht über die Kraftfeldbarriere. Das Feld absorbierte die gesamte Wucht des Geschosses und verwandelte sie in ein Lichtflackern.

Dieses Flackern war nicht zu sehen. Es ging im intensiven Flammenschein des zu Energie explodierenden Blasterprojektils unter, als es abrupt zum Stillstand kam, ohne daß umgebende Materie den Blitz abschirmte. Es war so, als ob für einen winzigen Sekundenbruchteil eine stecknadelkopfgroße Sonne im Raum stünde.

Mit einem wilden Aufschrei riß Hennes die Hände vor die Augen, als wolle er sie vor einem Schlag schützen. Es war zu spät. Minuten danach, als er es wagte, die Lider zu heben, meldeten ihm seine schmerzenden brennenden Augen nichts. Offen oder geschlossen, er sah nur schwarze und rote Kreise. Er konnte nicht sehen, wie der Space Ranger in rasende Bewegung verfiel, sich auf die Stiefel stürzte, die Schafttaschen mit fliegenden Fingern durchsuchte, den Magnetkreis der Tür aufbrach und Sekunden bevor die unvermeidliche Menschenmenge mit ihren verwirrten Alarmrufen die Szene betreten würde, hinausschlüpfte.

Hennes bedeckte immer noch mit der Hand die Augen, als er sie hörte. Er schrie los: »Schnappt das Ding. Fangt ihn! Er ist im Zimmer, legt ihn auf die Bretter, ihr marsverlassenen, dreckstiefeligen Feiglinge!«

»Es ist niemand im Zimmer«, riefen ein halbes Dutzend Stimmen gleichzeitig, und jemand setzte hinzu: »Riecht aber nach einem Blasterschuß.«

Eine feste befehlsgewohnte Stimme mischte sich ein: »Was stimmt nicht, Hennes?« Es war Dr. Silvers.

»Eindringlinge«, gab Hennes zur Antwort; dabei zitterte er vor Zorn und Enttäuschung. »Sieht ihn denn niemand? Was ist mit euch los? Seid ihr...« Er brachte das Wort nicht über die Lippen. Seine blinzelnden Augen tränten, und verwischtes Licht begann sich soeben wieder einen Weg zu seiner Netzhaut zu bahnen. »Blind« brachte er nicht heraus.

»Wer war der Eindringling? Können Sie ihn beschreiben?« fragte Dr. Silvers.

Doch Hennes konnte nur hilflos mit dem Kopf schütteln. Wie sollte er es ihnen erklären? Konnte er denen von einem sprechenden Alptraum aus Rauch erzählen, an dem ein Blasterprojektil zu früh explodierte, ohne Schaden anzurichten, außer bei demjenigen, der gefeuert hatte?

Dr. Silvers kehrte mit dumpfer Niedergeschlagenheit in sein Zimmer zurück. Diese Störung, die ihn aus seiner Behausung getrommelt hatte, bevor er seine Schlafvorbereitungen abgeschlossen hatte, dieses ziellose Umherrennen der Männer, die sprachlose Unfähigkeit von Hennes, eine Erklärung abzugeben, das alles waren nur Nadelstiche. Sein Blick war auf morgen gerichtet.

Er hatte keine Siegeserwartung, hegte keine Hoffnung auf die Wirksamkeit des Embargos. Mochten die Lebensmittelexporte doch ruhig aufhören. Sollen doch sogar einige Wenige auf der Erde herausfinden, warum das geschah, oder sich dafür ihre eigenen Theorien austüfteln. Das Ergebnis könnte fürchterlicher sein als jeder Fall von Massenvergiftung.

Dieser junge David Starr legte Zuversicht an den Tag, aber bislang flößten dessen Taten ihm selbst keine ein. Seine Geschichte mit dem Space Ranger war nicht gut genug durchdacht. Sie war geeignet gewesen, bei Leuten wie Hennes Mißtrauen zu wecken und hatte beinahe dazu geführt, daß der Junge sein Leben verloren hätte. Es war ein glücklicher Zufall für den Jüngling gewesen, daß er, Silvers, zum richtigen Zeitpunkt erschienen war. Er hatte es auch versäumt, die Gründe für eine solche Geschichte darzulegen. Er hatte nur seinen Plan, die Kuppel zu verlassen und heimlich zurückzukehren, erläutert. Als Silvers Starrs Brief erhalten hatte, den dieser kleine Kerl, der sich in ungeheurer Mißachtung der Realität selbst Bigman nannte, überbracht hatte, richtete er schnell eine Anfrage an das Ratshauptquartier auf der Erde. Von dort war die Bestätigung eingetroffen, David Starr sei in allen Einzelheiten zu gehorchen.

Aber wie konnte ein so junger Mann...

Dr. Silvers hielt inne. Das war seltsam! Die Tür zu seinem Zimmer, die er in der Eile angelehnt gelassen hatte, stand immer noch einen Spalt offen, aber es drang kein Licht von drinnen auf den Flur. Aber er hatte es vor dem Hinausgehen nicht ausgeknipst. Er konnte sich an den Schein in seinem Rücken erinnern, als er den Flur entlang auf die Treppe zugehastet war.

Hatte jemand für ihn das Licht in einer seltsamen Anwandlung von Sparsamkeit gelöscht? Das schien wenig wahrscheinlich.

Im Zimmer hörte man kein Geräusch. Er zog seinen Faser, riß die Tür weit auf und trat bestimmt an die Stelle, wo er den Lichtschalter wußte.

Eine Hand legte sich vor seinen Mund.

Er wand und drehte sich, aber der Arm war groß und muskulös, und die Stimme kam ihm vertraut vor.

»Geht schon in Ordnung, Dr. Silvers. Ich wollte bloß verhindern, daß Sie mich durch einen Überraschungsschrei verraten.«

Der Arm fiel herab: Dr. Silvers sagte: »Starr?«

»Ja. Schließen Sie die Tür. Es schien so, als ob Ihr Zimmer das beste Versteck sei, solange die Sache dauerte. Auf alle Fälle muß ich Sie sprechen. Hat Hennes gesagt, was passiert ist?«

»Nein, eigentlich nicht. Waren Sie darin verwickelt?«

Davids Lächeln ging in der Dunkelheit verloren. »In gewisser Weise schon, Dr. Silvers. Hennes erhielt Besuch vom Space Ranger, und in der anschließenden Verwirrung gelang es mir, Ihr Zimmer zu erreichen, ohne daß mich, hoffe ich, jemand gesehen hat.«

»Die Stimme des alten Wissenschaftlers wurde unwillkürlich laut. »Was sagen Sie da? Für Scherze bin ich nicht aufgelegt.«

»Ich mache keine Witze. Der Space Ranger existiert.«

»Das reicht nicht. Hennes war von der Geschichte nicht beeindruckt, und ich habe die Wahrheit verdient.«

»Ich bin mir sicher, Hennes ist mittlerweile davon beeindruckt, und Sie werden die Wahrheit erfahren, bevor der morgige Tag vorbei ist. Hören Sie mir in der Zwischenzeit einmal zu. Der Space Ranger existiert, wie ich sagte, und er ist unsere große Hoffnung. Das Spiel, das wir spielen, ist eine diffizile Angelegenheit, und obwohl ich weiß, wer hinter den Giftanschlägen steckt, könnte sich diese Erkenntnis als nutzlos erweisen. Es handelt sich nicht um ein, zwei Verbrecher, die es darauf abgesehen haben, durch eine kolossale Erpressung ein paar Millionen zu machen, es geht vielmehr um eine gut organisierte Gruppe, die beabsichtigt, die Kontrolle über das gesamte Sonnensystem an sich zu reißen. Es kann weitergehen, davon bin ich überzeugt, selbst wenn wir die Rädelsführer ausschalten, es sei denn, wir bringen genug Einzelheiten über die Verschwörung in Erfahrung, um sie im Ansatz zu stoppen.«

»Nennen Sie mir den Anführer«, sagte Silvers fordernd und mit grimmigem Tonfall »und der Rat wird die notwendigen Details in Erfahrung bringen.«

»Auf keinen Fall schnell genug«, gab David genauso grimmig zurück. »Wir müssen die Antwort wissen, die *ganze* Antwort, und zwar in weniger als vierundzwanzig Stunden. Ein späterer Sieg wird den Tod von Millionen auf der Erde nicht verhindern können.«

»Wie sieht Ihr Plan aus?« wollte Dr. Silvers wissen.

»Theoretisch weiß ich, wer der Giftmischer ist und wie die Anschläge durchgeführt werden«, sagte David, »aber um mehr als ein glattes Ableugnen aus den Verbrechern herauszuholen, brauche ich einen handfesten Beweis. Ich werde ihn haben, bevor der Abend vorbei ist. Selbst dann müssen wir ihre Moral völlig brechen, um die notwendigen Informationen herauszubekommen. Dazu müssen wir den Space Ranger einsetzen. Mit dem moralischen Anknacksen hat er bereits angefangen.«

»Wieder der Space Ranger. Sie sind von dieser Sache wie behext. Falls es ihn gibt, falls dies nicht nur ein Trick von Ihnen ist, dem ich selbst zum Opfer fallen soll, wer ist er und was ist er? Woher wissen Sie, daß er Sie nicht in die Irre führt?«

»Die Einzelheiten kann ich niemandem verraten. Ich weiß aber, daß er auf der Seite der Menschlichkeit steht, soviel sei gesagt. Ich traue ihm wie mir selber und übernehme die volle Verantwortung für ihn. In dieser Angelegenheit müssen Sie tun, was ich Ihnen sage, Dr. Silvers. Andernfalls habe ich keine andere Wahl, als ohne Sie weiterzumachen, davor muß ich Sie warnen. Das Spiel ist so wichtig, daß selbst Sie mir nicht im Wege stehen dürfen.«

An der festen Entschlossenheit, die in der Stimme lag, bestand kein Zweifel. In der Dunkelheit konnte Dr. Silvers den Ausdruck auf Davids Gesicht nicht erkennen, aber irgendwie war das auch nicht nötig. »Was möchten Sie, daß ich tue?«

»Morgen mittag treffen Sie sich mit Makian, Benson und Hennes. Nehmen Sie Bigman als persönliche Leibwache mit. Er ist klein, aber schnell und kennt keine Furcht. Lassen Sie das Hauptgebäude von Ratsleuten schützen, und ich würde Ihnen raten, sie für alle Fälle mit Repetierblastern und Gaskapseln auszurüsten. Zwischen 12.15 Uhr und 12.30 Uhr lassen Sie den Hintereingang unbewacht und unbeobachtet, ich bitte Sie, sich das zu merken. Lassen Sie sich keine Überraschung anmerken, egal was geschieht.«

»Werden Sie anwesend sein?«

»Nein. Meine Anwesenheit wird nicht erforderlich sein.«

»Was wird geschehen?«

»Der Space Ranger wird einen Besuch abstatten. Er weiß genausoviel wie ich, und aus seinem Mund werden die Anschuldigungen für den Verbrecher viel niederschmetternder klingen.«

Dr. Silver spürte gegen seinen Willen Hoffnung in sich aufkeimen. »Glauben Sie, daß wir Erfolg haben werden?«

Lange war es still. Dann sagte David Starr: »Wie soll ich das wissen? Ich kann es nur hoffen.«

Diesmal dauerte die Stille noch länger.

Dr. Silvers spürte einen winzigen Luftzug, als ob die Tür sich geöffnet hätte. Er wandte sich zum Lichtschalter. Der Raum wurde von Licht übergossen, und er stellte fest, daß er allein im Zimmer war.

XV

DER SPACE RANGER GREIFT EIN

David Starr arbeitete so schnell, wie er es wagen konnte. Die Nacht war fast vorüber. Ein Teil der Spannung und Aufregung begann abzuflauen, und die vollständige Müdigkeit, von der Notiz zu nehmen er sich seit Stunden geweigert hatte, machte sich bemerkbar.

Seine kleine Bleistifttaschenlampe warf ihren flimmernden Schein hierhin und dorthin. Er hoffte ernsthaft, daß das, wonach er suchte, sich nicht hinter noch mehr verschlossenen Türen verbarg. Falls doch, würde er Gewalt anwenden müssen, und gerade jetzt kam es ihm nicht gelegen, Aufsehen zu erregen. Er konnte keinen Safe entdecken oder etwas, das wie ein Safe aussah. Das war gut und schlecht zugleich. Wonach er suchte, würde also greifbar sein, andererseits bestand die Möglichkeit, daß es sich überhaupt nicht im Raum befand.

Nach dem sorgfältig geplanten Manöver, in dessen Verlauf er den Schlüssel zu dem Raum erobert hatte, wäre das schade. Hennes würde sich nicht so schnell von den Nachwirkungen erholen.

David lächelte. Ganz am Anfang war er selbst beinahe so überrascht wie Hennes gewesen. Seine Worte »Ich bin der Space Ranger«, waren die ersten gewesen, die er seit seinem Auftauchen aus den Marshöhlen durch das Kraftschild gesprochen hatte. Wie seine Stimme dort geklungen hatte, daran konnte er sich nicht erinnern. Unter dem Einfluß der Marsbewohner hatte er vielleicht einfach nur seine eigenen Gedanken wie die ihren gespürt.

Aber hier an der Oberfläche hatte ihn seine eigene Stimme wie ein Blitz getroffen. Ihre Hohlheit und dröhnende Tiefe war völlig überraschend gewesen.

Natürlich erholte er sich davon und verstand beinahe augenblicklich. Obwohl der Schild Luftmoleküle durchließ, verlangsamte er sie wahrscheinlich. Eine solche Beeinträchtigung hatte natürlich Einfluß auf die Schallwellen.

David war darüber nicht gerade traurig. Die Stimme, so wie sie war, würde hilfreich sein.

Der Schild hatte gut gegen den Blasterbeschuß gewirkt. Der Blitz war nicht völlig gestoppt worden, aber die Wirkung war nichts im Vergleich mit der auf Hennes gewesen.

Während sein müder Verstand diese Dinge durchging, durchsuchte er methodisch den Inhalt der Regale und Schränke.

Der Lichtkegel stand einen Augenblick lang still. David langte an anderen Gegenständen vorbei, um ein kleines Metallobjekt greifen zu können. Wieder und wieder drehte er es unter dem Lichtsstrahl hin und her. Er schraubte an einem kleinen Kopf, der in verschiedenen Stellungen einrastete und beobachtete, was anschließend geschah.

Sein Herz klopfte laut.

Das war der endgültige Beweis. Der Beweis für alle seine Spekulationen – die Spekulationen, die so vernünftig und lückenlos gewesen waren und dennoch auf nichts anderem als reiner Logik basierten. Jetzt war die Logik durch etwas aus Molekülen Bestehendem, durch etwas, das man berühren und fühlen konnte, bestätigt worden.

Er steckte es in die Tasche seiner Hüftstiefel zu der Maske und den Schlüsseln, die er früh am Abend aus Hennes' Stiefeln genommen hatte.

Er sperrte die Tür hinter sich ab und trat ins Freie. Die Kuppel über ihm wurde sichtbar grauer. Bald würden sich die Hauptleuchten einschalten, der Tag offiziell beginnen. Der letzte Tag, entweder für die Giftmischer oder für die Zivilisation auf der Erde, wie sie jetzt bestand.

In der Zwischenzeit würde es Gelegenheit zum Schlafen geben.

*

Die Makiankuppel lag in frostiger Stille. Wenige der Farmboys konnten überhaupt erraten, was vorging. Daß es sich um etwas Ernstes handelte, stand natürlich eindeutig fest, aber es war unmöglich, mehr zu erkennen. Einige flüsterten hinter vorgehaltener Hand, daß Makian bei umfangreichen finanziellen Unregelmäßigkeiten erwischt worden sei, aber das wollte niemand so recht glauben. Das war noch nicht einmal logisch, denn warum hätte man deswegen eine ganze Armee herbeordert?

Fest stand, daß Uniformierte mit grimmigen Gesichtern das Hauptgebäude umkreisten und dabei Repetierblaster in der Armbeuge trugen. Auf dem Gebäudedach waren zwei Artilleriegeschütze in Stellung gebracht worden. Die nähere Umgebung war menschenleer. Sämtliche Farmboys, mit Ausnahme derer, die zur Wartung der lebensnotwendigen Einrichtungen benötigt wurden, waren in die Unterkünfte geschickt worden. Den wenigen davon Ausgenommenen war befohlen worden, sich streng auf ihren Arbeitsplatz zu beschränken.

Genau um 12.15 Uhr gingen die beiden Männer, die den Hinterausgang bewachten, auseinander, zogen sich zurück und ließen so die Gegend unbewacht. Um 12.30 Uhr kehrten sie zurück und nahmen ihre Runde wieder auf. Später gab einer der Artilleristen auf dem Dach zu Protokoll, daß er in der Zwischenzeit jemanden das Gebäude betreten sah. Er hatte nur einen kurzen, flüchtigen Blick erhaschen können, und seine Beschreibung ergab nicht viel Sinn, da er sagte, es habe sich anscheinend um einen brennenden Mann gehandelt.

Zu diesem Zeitpunkt gab es niemanden, der ihm Glauben schenkte.

*

Dr. Silvers war sich seiner Sache keineswegs sicher. Er wußte kaum, wie er die Konferenz eröffnen sollte. Er sah den vier Anwesenden, die um den Tisch herum saßen, in die Gesichter.

Makian. Der sah aus, als habe er seit einer Woche kein Auge mehr zugemacht. Hatte er wahrscheinlich auch nicht. Bisher hatte er noch kein einziges Wort von sich gegeben. Silvers fragte sich, ob der Mann sich seiner Umgebung überhaupt vollständig bewußt war.

Hennes. Der trug eine dunkel getönte Brille. Einmal nahm er sie kurz ab, und seine Augen waren blutunterlaufen und verrieten Zorn. Jetzt saß er da und murmelte vor sich hin.

Benson. Still und unglücklich. Dr. Silvers hatte am Abend vorher mehrere Stunden mit ihm verbracht, und er hatte überhaupt keine Zweifel daran, daß der Fehlschlag seiner Untersuchungen den Mann peinlich berührte und ihm schwer auf der Seele lag. Er hatte über Marsbewohner, echte Marsbewohner, geredet. Sie seien die Ursache für die Giftanschläge, aber Silvers wußte es besser und schenkte den Ausführungen keinerlei Beachtung.

Bigman. Der einzige Fröhliche in der Runde. Natürlich begriff er das Ausmaß der Krise nur zu einem Bruchteil. Offenkundig erfreut darüber, mit wichtigen Leuten am selben Tisch zu sitzen, lehnte er sich auf seinem Stuhl zurück und kostete seine Rolle voll aus.

Und da war noch der zusätzliche Stuhl, den Silvers an den Tisch gerückt hatte. Leer und wartend stand er da. Niemand machte eine Bemerkung darüber.

Irgendwie hielt Dr. Silvers die Unterhaltung in Gang. Er machte allgemeine Bemerkungen und versuchte, seine eigene Ungewißheit zu verbergen. Genau wie der leere Stuhl, wartete auch er.

Um 12.16 Uhr schaute er hoch und stand langsam auf. Niemand machte den Mund auf. Bigman stieß seinen Stuhl zurück und dieser fiel krachend um. Hennes' Kopf fuhr ruckartig herum, seine Hände umklammerten die Tischplatte, und seine Finger wurden vor Anstrengung weiß. Benson sah umher und begann zu wimmern. Nur Makian machte einen unbeteiligten Eindruck. Seine Augen hoben sich und registrierten anscheinend den Anblick wie ein weiteres unverständliches Vorkommnis in einer Welt, die zu groß und fremd für ihn geworden war.

Die Gestalt im Türrahmen sagte: »Ich bin der Space Ranger!«

Unter der hellen Raumbeleuchtung war der Lichtschein um seinen Kopf herum etwas gemildert, und der Rauch, der seinen Körper einhüllte, wirkte etwas ausgeprägter, als Hennes ihn am Vorabend erlebt hatte.

Der Space Ranger trat ein. Fast automatisch rückten die Sitzenden mit ihren Stühlen ab, wodurch rund um den Tisch ein freier Raum entstand, so daß der leere Stuhl einsam für sich allein stand.

Der Space Ranger setzte sich, sein Gesicht hinter dem Lichtschein unsichtbar, die rauchenden Arme vor sich auf der Tischplatte aufliegend und doch wieder nicht aufliegend. Zwischen Tisch und Armen war ein Zentimeter Abstand.

»Ich bin gekommen, um mit Verbrechern zu sprechen«, sagte der Space Ranger.

Hennes war es, der die bleierne Stille, die folgte, unterbrach. In einem Ton, der vor Galle nur so troff, sagte er: »Redest du von Einbrechern?«

Für einen kurzen Augenblick griff er nach seiner dunklen Brille, nahm sie aber nicht ab. Seine Finger zitterten für jedermann sichtbar.

Der Space Ranger sprach mit monotoner, leiser und hohler Stimme. »Ich bin ein Einbrecher, das ist wahr. Hier sind die Schlüssel, die ich aus deinen Stiefeln genommen habe. Ich brauche sie nicht mehr.«

Metall blitzte über den Tisch auf Hennes zu.

Der Space Ranger fuhr fort, »Der Einbruch fand statt, um ein schwereres Verbrechen zu verhindern. Da ist zum Beispiel das Verbrechen des Vormannes, dem man vertraut, der von Zeit zu Zeit auf Einzelfahndung nach Wingard City geht, um nach Giftmischern zu suchen.«

Bigmans kleines Gesicht strahlte vor Schadenfreude. »He Hennes«, rief er dem Vormann zu, »sieht ganz so aus, als wären sie dir auf die Schliche gekommen.«

Aber Hennes hatte nur Augen und Ohren für die Erscheinung auf der anderen Seite des Tisches. »Was ist daran verbrecherisch?«

»Das Verbrechen«, antwortete der Space Ranger, »besteht in einem schnellen Trip in Richtung der Asteroiden.«

»Warum? Aus welchem Grund?«

»Kommt das Ultimatum der Giftmischer nicht von den Asteroiden?«

»Beschuldigst du mich hinter den Anschlägen zu stecken? Ich bestreite das. Ich will Beweise sehen. Das heißt, falls du glaubst, überhaupt Beweise zu brauchen. Vielleicht denkst du aber, daß deine Maskerade mich dazu zwingen könnte, etwas Falsches zuzugeben.«

»Wo bist du in den letzten zwei Nächten vor Eintreffen des Ultimatums gewesen?«

»Ich werde darauf nicht antworten. Ich spreche dir das Recht ab, Fragen zu stellen.«

»Dann werde ich die Frage für dich beantworten. Dort, wo sich die Reste der ehemaligen Piratenbanden im Asteroidengürtel aufhalten, befindet sich die Zentrale der riesigen Giftmischerorganisation. Das Gehirn der Organisation ist hier auf der Makianfarm.«

An dieser Stelle stand Makian unsicher auf, sein Mund zuckte.

Der Space Ranger bedeutete ihm mit einer herrischen Bewegung seines rauchigen Arms, sich wieder zu setzen und fuhr fort: »Du, Hennes, bist der Mittelsmann.«

Jetzt nahm Hennes die Brille ab. Sein aufgeschwemmtes, glatthäutiges Gesicht, sah durch seine blutunterlaufenen Augen etwas mitgenommen aus und nahm einen harten Ausdruck an.

Er sagte: »Space Ranger oder wie du dich nennst, du langweilst mich. Wenn ich es recht verstanden habe, sollte diese Konferenz dazu dienen, Mittel und Wege zur Bekämpfung der Giftanschläge zu erörtern. Sie ist zu einem Forum für die dummdreisten Anschuldigungen eines Schauspielers geworden, ich gehe.«

Dr. Silvers langte über Bigman hinweg, um Hennes' Handgelenk festzuhalten. »Bitte bleiben Sie, Hennes, ich will mehr über die Sache erfahren. Niemand wird Sie ohne ausreichende Beweise verurteilen.«

Hennes stieß Silvers Hand beiseite und stand von seinem Stuhl auf.

»Ich sähe es zu gerne, wenn du abgeknallt würdest, Hennes, und genau das wird geschehen, wenn du durch die Tür da gehst«, sagte Bigman ruhig.

»Bigman hat recht«, bemerkte Silvers. »Da draußen

stehen bewaffnete Männer mit der Anweisung, niemanden ohne meinen Befehl passieren zu lassen.«

Hennes' Fäuste schlossen und öffneten sich. »Ich werde kein weiteres Wort zu diesen ungesetzlichen Vorgängen mehr beisteuern. Sie alle sind Zeugen dafür, daß ich mit Gewalt am Gehen gehindert werde.« Er setzte sich wieder und verschränkte die Arme vor der Brust.

Der Space Ranger sprach wieder: »Und doch ist Hennes nur der Mittelsmann. Er ist ein zu großer Bösewicht, um der wirkliche Bösewicht zu sein.«

»Sie reden in Widersprüchen«, sagte Benson kaum hörbar.

»Das scheint nur so. Stellen Sie sich das Verbrechen vor. Man kann eine Menge über einen Verbrecher von der Art des Verbrechens, das er begeht, lernen. Erstens ist da die Tatsache, daß bislang nur verhältnismäßig wenig Leute gestorben sind. Wahrscheinlich hätten die Verbrecher das, was sie wollten, viel schneller mit großangelegten Giftanschlägen erreichen können, statt sechs Monate lang zu drohen und dabei zu riskieren, erwischt zu werden und mit leeren Händen dazustehen. Was bedeutet das? Es hat den Anschein, als ob der Anführer irgendwie gezögert hat, zu töten. Das paßt sicher nicht zu Hennes. Die meisten meiner Informationen habe ich von Williams erhalten, der jetzt nicht unter uns weilt. Von ihm weiß ich, daß Hennes seit seiner Ankunft auf der Farm mehrmals versucht hat, seinen Tod herbeizuführen.«

Hennes wurde seinem Vorsatz untreu: »Das ist gelogen!« schrie er.

Ohne sich darum zu kümmern, fuhr der Space Ranger fort: »Also Hennes hätte keine Skrupel zu töten. Wir müssen uns nach jemandem umschauen, der aus weniger hartem Holz geschnitzt ist. Aber was würde eine im

Grunde weiche Person dazu bringen, Menschen zu töten, die er nie zu Gesicht bekommen hat und die ihm nie ein Leid zugefügt haben? Obwohl nur ein unbedeutender Prozentsatz der Erdbevölkerung vergiftet worden ist, gehen die Zahlen in die Hunderte. In fünfzig Fällen handelt es sich dabei um Kinder. Wahrscheinlich existiert ein starkes Verlangen nach Reichtum und Macht, das seinen Sanftmut überlagert. Was steckt hinter diesem Drang? Vielleicht ein frustriertes Leben, das ihn zu einem morbiden Haß gegen die Menschheit im allgemeinen getrieben hat, ein Verlangen, denjenigen, die ihn verachten, zu zeigen, welch großer Mann er in Wirklichkeit ist. Wir halten also nach einem Mann mit einem fortgeschrittenen Minderwertigkeitskomplex Ausschau. Wo stoßen wir auf solch einen Mann?«

Alle Anwesenden starrten den Space Ranger jetzt intensiv an. Selbst Makian schien jetzt wieder aufmerksamer. Benson runzelte gedankenverloren die Stirn, und Bigman hatte sein Grinsen vergessen.

Der Space Ranger sprach weiter: »Was nach Williams' Eintreffen auf der Farm passierte, ist als Hinweis von größter Wichtigkeit. Er wurde sofort als Spion verdächtigt. Seine Geschichte vom Vergiftungstod seiner Schwester wurde problemlos als Lüge entlarvt. Wie ich schon sagte, Hennes war für glatten Mord.

Der Anführer mit seinem empfindsameren Gemüt, bevorzugte eine andere Methode. Er versuchte, den gefährlichen Williams zu neutralisieren, indem er sich mit ihm anfreundete und vorgab, Hennes feindlich gesonnen zu sein.«

»Wir wollen zusammenfassen. Was wissen wir über den Anführer der Giftmischer? Er ist ein Mann mit Skrupeln, der Williams freundlich und Hennes feindlich gesinnt schien. Ein Mann mit einem Minderwertigkeitskomplex, der von einem enttäuschten Leben herrührt, weil er sich von anderen unterschied, weniger männlich, kleiner...«

Da war eine schnelle Bewegung. Ein Stuhl wurde vom Tisch weggestoßen, und eine Gestalt wich hurtig zurück, den Blaster im Anschlag.

Benson stand auf und rief: »Allmächtiges All! Bigman!«

Dr. Silvers brüllte konsterniert: »Aber... aber ich sollte ihn doch als Leibwache mitbringen. Er ist bewaffnet.«

Einen Augenblick lang stand Bigman mit schußbereitem Blaster da und belauerte sie mit seinen kleinen scharfen Augen.

XVI

DIE LÖSUNG

Seine hohe Stimme klang fest, als Bigman sagte: »Jetzt wollen wir mal lieber keine voreiligen Schlüsse ziehen. Es könnte sich so anhören, als ob der Space Ranger mich beschreiben würde, aber bislang hat er es nicht ausdrücklich gesagt.«

Sie betrachteten ihn lauernd. Keiner sprach ein Wort.

Plötzlich warf Bigman seinen Blaster hoch, fing ihn mit der Mündung zuerst und schmiß ihn auf den Tisch, von wo er geräuschvoll auf den Space Ranger zuschlitterte. »Ich behaupte, daß ich nicht der Gesuchte bin, und hier ist meine Waffe, um zu beweisen, daß ich es ernst meine.«

Der Space Ranger griff mit rauchvernebelten Fingern nach dem Blaster.

»Ich behaupte ebenfalls, daß du nicht der richtige Mann bist«, sagte er. Die Waffe schlitterte wieder in Bigmans Richtung zurück.

Bigman stürzte sich wie ein Habicht darauf, schob sie in das Holster zurück und setzte sich wieder. »Du redest jetzt wohl besser weiter, Space Ranger.«

»Es hätte Bigman sein können, aber es gibt viele Gründe, warum es unmöglich ist. Erstens hat sich die Feindschaft zwischen ihm und Hennes herausgebildet, lange bevor Williams auftauchte.«

»Aber hören Sie mal«, protestierte Dr. Silvers. »Falls der Anführer so tat, als ob er mit Hennes Krach habe, dann könnte das aus Gründen sein, die nicht nur mit Williams zu tun haben. Es könnte sich dabei um einen langfristigen Plan handeln.«

Der Space Ranger sagte: »Ausgezeichnet argumentiert, Dr. Silvers. Aber überlegen Sie sich einmal folgendes: Wer auch immer der Anführer ist, er muß das Vorgehen der Bande hundertprozentig unter Kontrolle haben. Er muß in der Lage sein, seine eigene Schwäche in Hinblick auf das Töten, einer Gruppe aufzuzwingen, bei der es sich wahrscheinlich um die wild entschlossensten Desperados im Sonnensystem handelt. Es gibt nur eine Möglichkeit, wie er das bewerkstelligen kann, und zwar, indem er es so einrichtet, daß sie auf keinen Fall ohne ihn weitermachen können. Wie? Indem er den Giftnachschub und die Vergiftungsmethode kontrolliert. Bigman könnte sicherlich keins von beiden.«

»Woher wollen Sie das wissen?« fragte Dr. Silvers.

»Weil Bigman die Ausbildung fehlt, die ihn in die Lage versetzt, einen neuen Giftstoff zu entwickeln und herzustellen, der ansteckender ist, als alles bisher Dagewesene. Er verfügt weder über die Laboreinrichtungen, noch hat er die botanische oder bakteriologische Ausbildung, die dafür notwendig ist. Er hat auch keinen Zugang zu den Getreidesilos in Wingard City. *Jedoch alles Dinge, die auf Benson zutreffen.*«

Der Agronom hob die Stimme zu einem schwächlichen Schrei, er schwitzte stark. »Was versuchen Sie da? Wollen Sie mich genauso testen, wie Sie es vorhin mit Bigman getan haben?«

»Ich habe Bigman nicht auf die Probe gestellt«, gab der Space Ranger zurück. »Ich habe ihn nie beschuldigt. Ich beschuldige dich, Benson. Du bist das Gehirn hinter dem Giftmischersyndikat und der Anführer.«

»Nein. Sie sind verrückt.«

»Keineswegs. Ich erfreue mich bester Gesundheit. Williams hatte dich als erster in Verdacht und hat ihn mir mitgeteilt.«

»Dazu hatte er keine Veranlassung. Ich bin völlig ehrlich zu ihm gewesen.«

»Zu ehrlich. Du hast den Fehler begangen, ihm zu erzählen, daß es deiner Meinung nach Marsbakterien sind, die auf Nutzpflanzen wachsen und die Ursache der Vergiftungen sind. Als Agronom mußtest du wissen, daß das unmöglich ist. Die Lebensformen auf dem Mars enthalten kein Protein und könnten sich genausowenig von Erdpflanzen ernähren, wie wir von Steinen leben könnten. Du hast also vorsätzlich gelogen, und das machte alles andere an dir verdächtig. Es führte dazu, daß Williams sich fragte, ob du nicht vielleicht einen Extrakt aus Marsbakterien hergestellt hast. Dieses Konzentrat würde giftig sein, meinst du nicht?«

Benson schrie wild auf. »Wie hätte ich das Gift denn verbreiten können. Sie reden wirres Zeug.«

»Du hattest Zugang zu den Makian-Lieferungen. Nach den ersten paar Vergiftungsfällen, konntest du es einrichten, an Proben aus den Vorratssilos in der Stadt zu kommen. Du hast Williams erzählt, daß du sorgfältig Proben aus allen Behältern und in verschiedenen Tiefen ein und desselben Behälters nimmst. Du hast ihm auch von dieser Harpunenkonstruktion erzählt, die du erfunden hast.«

»Aber was ist daran schlimm?«

»Eine ganze Menge. Gestern abend habe ich die Schlüssel von Hennes in die Hand bekommen. Ich habe sie dazu benutzt, an den einzigen Ort in der Farmkuppel zu gelangen, der ständig abgeschlossen bleibt – dein Labor. Dort habe ich das hier gefunden.« Er hielt einen kleinen metallenen Gegenstand gegen das Licht.

»Was ist das, Space Ranger«, fragte Dr. Silvers.

»Bensons Probensonde. Sie paßt auf seine Weizenharpune. Beachten Sie wie die Sache funktioniert.«

Der Space Ranger drehte an einer kleinen Schraube am Ende. »Wenn man die Harpune abschießt«, sagte er, »wird dieser Sicherungsbügel ausgelöst. Also! Sehen Sie her!«

Man konnte ein ganz leises Summergeräusch hören. Nach fünf Sekunden war es vorüber und die Sondenkuppe stand offen. Sie blieb es eine Sekunde lang, dann schloß sie sich.

»So soll es auch funktionieren«, rief Benson. »Ich habe nie ein Geheimnis daraus gemacht.«

»Stimmt, hast du nicht«, sagte der Space Ranger ernst. »Du und Hennes, ihr habt euch seit Tagen wegen Williams gestritten. Du hattest nicht den Nerv, ihn töten zu lassen. Als letzten Ausweg hast du die Harpune an Williams' Bett mitgenommen, um zu sehen, ob ihn der Anblick zu einer Handlung hinreißen würde, durch die er sich verrät. Das geschah nicht, aber Hennes wollte sowieso nicht länger warten. Zukis wurde losgeschickt, um ihn zu töten.

»Aber was soll mit der Sonde nicht stimmen«, wollte Benson wissen.

»Lassen Sie mich es noch einmal vorführen. Aber dieses Mal, achten Sie bitte auf die Ihnen zugewandte Seite der Sonde, Dr. Silvers.«

Dr. Silvers beugte sich über den Tisch nach vorn und

schaute genau hin. Den Blaster wieder in der Hand, konzentrierte Bigman seine Aufmerksamkeit zu gleichen Teilen auf Benson und Hennes.

Makian war auf den Beinen, seine gegerbten Wangen gerötet.

Die Sonde war wieder zum Abschuß bereit, die kleine Öffnung öffnete sich wieder, und während sie diesmal die bezeichnete neutrale Seite betrachteten, schob sich auch dort die silbrige Schutzschicht zurück und gab die Sicht auf eine dunkel glitzernde flache Einbuchtung frei.

»Hier können Sie sehen, was passiert«, sagte der Space Ranger. Jedesmal wenn Benson eine Probe nimmt, werden ein paar Weizenkörner, Obststückchen oder ein Salatblatt mit dieser farblosen Gallert, einem giftigen Extrakt aus Marsbakterien, bestrichen. Es handelt sich zweifellos um Gift mit einfachem chemischem Aufbau, das durch die Lebensmittelweiterverarbeitung nicht angegriffen wird und zu guter Letzt in einem Brotlaib, einem Glas Marmelade oder einer Dose Babykost auftaucht. Ein raffinierter teuflischer Trick.«

Benson trommelte mit den Fäusten auf den Tisch. »Eine Lüge, eine schmutzige Lüge!«

»Bigman«, sagte der Space Ranger, »knebele den Mann. Stell dich neben ihn und laß ihn sich nicht bewegen.«

»Also wirklich«, protestierte Dr. Silvers, »Sie haben da zwar etwas in der Hand, aber Sie müssen dem Mann gestatten, sich zu verteidigen.«

»Uns bleibt keine Zeit«, erwiderte der Space Ranger, »und Beweise, die sogar Sie befriedigen werden, folgen auf der Stelle.«

Bigman benutzte sein Taschentuch als Knebel. Benson wehrte sich, doch als der Griff von Bigmans Blaster laut auf seinen Schädel traf, hockte er in schweißnassem Schweigen da.

»Das nächste Mal«, sagte Bigman, »ist es so fest, daß du k. o. gehst, vielleicht reicht es sogar für eine Gehirnerschütterung.«

Der Space Ranger stand auf. »Ihr habt alle Bigman verdächtigt oder wenigstens so getan, als ich von einem Mann gesprochen habe, der einen Minderwertigkeitskomplex hat, weil er klein ist. Es gibt außer Körpergröße noch andere Möglichkeiten, klein zu sein. Bigman kompensiert seinen Wuchs durch Aggressivität und lautstarkes Äußern seiner Ansichten. Die Männer respektieren ihn deswegen. Benson hingegen lebt hier auf dem Mars unter tatkräftigen Männern und sieht sich als »Schreibtischfarmer« verachtet. Er glaubt als Schwächling ignoriert zu werden. Männer, die er als ihm unterlegen betrachtet, schauen auf ihn herab. Das nur unter Zuhilfenahme der feigsten Art von Mord, die sich vorstellen läßt, kompensieren zu können, ist eine schlimmere Art klein zu sein.

Aber Benson ist geisteskrank. Aus ihm ein Geständnis herauszuholen, wäre schwierig, vielleicht unmöglich. Aber Hennes eignet sich fast genausogut als Informationsquelle, was die zukünftigen Pläne der Giftmischer angeht. Er könnte uns haargenau sagen, wo im Asteroidengürtel seine Kumpane zu finden sind. Er könnte uns sagen, wo der Giftvorrat für heute nacht Punkt Zwölf aufbewahrt wird. Er könnte uns viel erzählen.«

»Ich könnte dir gar nichts erzählen und ich werde dir nichts erzählen«, sagte Hennes höhnisch. »Falls ihr Benson und mich erschießt, laufen die Dinge genauso weiter, als wären wir noch am Leben. Also tu, was du nicht lassen kannst.«

»Würdest du reden«, fragte der Space Ranger, »falls wir versprechen, daß dir nichts geschieht?«

»Wer glaubt schon an eure Versprechen?« sagte Hennes. »Ich bleibe bei meiner Geschichte. Ich bin unschuldig. Uns umzubringen hilft euch nicht weiter.«

»Du bist dir darüber im klaren, daß Millionen Männer, Frauen und Kinder sterben könnten, wenn du nicht redest?«

Hennes zuckte die Achseln.

»Also gut«, sagte der Space Ranger, »mir ist die Wirkungsweise des Marsgiftes, das Benson entwickelt hat, beschrieben worden. Wenn es erst einmal im Magen ist, wird es sehr schnell absorbiert, die Nervenbahnen zur Brustmuskulatur werden gelähmt, das Opfer kann nicht mehr atmen. Es kommt zu einem qualvollen Ersticken, das sich über fünf Minuten hinzieht, das heißt, natürlich erst, wenn das Gift im Magen angelangt ist.«

Während er sprach, zog der Space Ranger eine kleine Glaskapsel aus der Tasche. Er öffnete die Sonde und strich damit über die Kapsel, bis das glitzernde Glas mit einer klebrigen Schicht überzogen war.

»Wenn aber«, fuhr er fort, »das Gift zwischen Zähne und Lippen gebracht wird, sieht die Sache etwas anders aus. Es würde viel, viel langsamer absorbiert werden. Makian«, rief er plötzlich, »hier sitzt der Mann, der dich verraten und deine Farm mißbraucht hat, um die Giftanschläge auf Menschen und den Bankrott der Farmsyndikate in die Wege zu leiten. Nimm seine Arme und halt ihn fest.«

Er warf eine Fessel auf den Tisch. Mit einem Schrei aus dem die lang aufgestaute Wut sprach, warf sich Makian auf Hennes. Für einen Augenblick gab ihm der Zorn etwas von der Kraft seiner Jugend zurück, und Hennes wehrte sich vergeblich.

Als Makian zurücktrat, saß Hennes auf dem Stuhl angeschnallt, seine Arme waren schmerzhaft auf den Rücken gebogen worden, und seine Hände steckten sicher in der Fessel.

Zwischen röchelnden Atemzügen sagte Makian: »Wenn du gesungen hast, wird es mir ein Vergnügen sein, dich mit bloßen Händen auseinanderzunehmen.«

Der Space Ranger ging jetzt um den Tisch herum, näherte sich langsam Hennes, wobei er die bestrichene Glaskapsel mit zwei Fingern vor sich hielt. Hennes zuckte zurück. Am anderen Ende des Tisches wand sich Benson verzweifelt, aber Bigman brachte ihn mit einem Knuff zur Ruhe.

Der Space Ranger schnappte sich Hennes' Unterlippe und zog sie vor, dadurch lagen die Zähne frei. Hennes versuchte den Kopf zurückzureißen, aber die Finger des Space Rangers drückten fest zu, was Hennes einen gedämpften Schrei entlockte.

Der Space Ranger ließ die Kapsel in den Zwischenraum von Zähnen und Lippe fallen.

»Ich glaube, es wird zehn Minuten dauern, bis du genug Gift absorbiert hast, um etwas zu spüren«, erklärte der Space Ranger. »Falls du vorher bereit bist zu reden, nehmen wir die Kapsel heraus und gestatten dir, den Mund auszuspülen. Andernfalls wird das Gift langsam anfangen zu wirken. Nach und nach wird es schwieriger und schmerzhafter werden zu atmen, und am Ende, in ungefähr einer Stunde, wirst du langsam ersticken. Und durch dein Sterben wirst du nichts erreicht haben, weil die Vorführung für Benson sehr lehrreich sein wird. Wir werden die Wahrheit dann aus ihm herausquetschen.«

Der Schweiß lief Hennes die Schläfen hinab. Tief aus seiner Kehle drangen erstickte Laute.

Der Space Ranger wartete geduldig.

»Ich rede«, schluchzte Hennes, »ich rede. Hol's raus! *Hol's raus!*«

Die Worte klangen dumpf durch seine verdrehten Lippen, aber ihre Bedeutung und der fürchterliche

Schrecken in seinen Gesichtszügen sprachen eine deutliche Sprache.

»Gut! Sie machen sich besser Notizen, Dr. Silvers.«

*

Drei Tagen waren vergangen, als Dr. Silvers David Starr wieder zu Gesicht bekam. Zwischenzeitlich hatte er wenig Unterstützung erfahren und war entsprechend müde, aber nicht zu müde, um David nicht freudig zu begrüßen. Bigman, der Silvers die ganze Zeit über nicht von der Seite gewichen war, verhielt sich ebenso überschwenglich.

»Es hat funktioniert«, sagte Silvers. »Sie haben sicher davon gehört. Es hat unglaublich gut geklappt.«

»Ich weiß«, sagte David lächelnd. »Der Space Ranger hat mir alles erzählt.«

»Sie haben ihn seitdem getroffen?«

»Nur so zwischen Tür und Angel.«

»Er verschwand beinahe sofort danach. Ich habe ihn in meinem Bericht erwähnt, das mußte ich natürlich tun. Ich bin mir dabei ganz bestimmt wie ein Idiot vorgekommen. Aber für alle Fälle habe ich Bigman hier und Makian als Zeugen.«

»Und mich ebenfalls«, versicherte David.

»Aber ja, natürlich. Nun, es ist vorüber. Wir haben die Giftvorratslager aufgestöbert und die Asteroiden gesäubert. Zwei Dutzend Mann werden lebenslänglich kriegen, und Bensons Arbeit wird sich am Ende als segensreich erweisen. Seine Experimente mit marsionischen Lebensformen sind auf ihre Art bahnbrechend. Es ist möglich, daß dabei eine ganz neue Art von Antibiotika herausspringt. Das könnte das Endergebnis seines Versuchs, die Erde mit Gift in die Knie zu zwingen, sein. Wenn dieser arme Dummkopf nach wissenschaftlichem Ruhm gestrebt hätte, wäre er ein großer Mann geworden. Hennes' Geständnis sei Dank dafür, daß er gestoppt wurde.«

»Dieses Geständnis ist sorgfältig geplant gewesen«, bemerkte David. »Der Space Ranger hat ihn schon am Abend zuvor in die Mache genommen.«

»Ach je, ich bezweifle, ob irgendein Mensch der Vergiftungsgefahr, der Hennes ausgesetzt war, widerstanden hätte. Was wäre eigentlich geschehen, falls Hennes wirklich unschuldig gewesen wäre? Das Risiko, das der Space Ranger eingegangen ist, war gewaltig.«

»Nicht sonderlich. Gift war gar nicht im Spiel. Benson wußte das. Glauben Sie etwa, Benson hätte seine mit Gift beschmierte Sonde als belastenden Beweis im Labor liegenlassen? Denken Sie vielleicht, er hätte Gift aufbewahrt, wo es durch Zufall gefunden werden konnte?«

»Aber das Gift an der Kapsel.«

»... war gewöhnliche Gallertmasse ohne Geschmack. Benson muß gewußt haben, daß es so etwas Ähnliches ist. Das ist auch der Grund, weswegen der Space Ranger nicht versucht hat, ein Geständnis aus ihm herauszuholen. Deswegen ließ er ihn knebeln, um eine Warnung zu verhindern. Hennes hätte auch von selbst darauf kommen können, wäre er nicht in panische Angst verfallen.«

»Also, ich lasse mich ins Weltall schießen«, bemerkte Dr. Silvers trocken.

Als er sich schließlich entschuldigte und ins Bett ging, rieb er sich immer noch das Kinn.

David wandte sich an Bigman.

»Und was hast du jetzt vor, Bigman?«

»Dr. Silvers hat mir eine feste Anstellung beim Rat angeboten«, erwiderte Bigman. »Aber ich werde sie wohl nicht annehmen.«

»Warum denn nicht?«

»Das kann ich dir sagen, Mr. Starr. Wenn ich es mir recht überlege, habe ich vor, bei dir zu bleiben, egal wohin du von hier aus gehst.«

»Ich reise bloß zur Erde zurück.«

Sie waren allein, aber Bigman schaute sich dennoch um, bevor eer sprach: »Mir scheint, du wirst außer zur Erde noch an viele andere Orte gehen... Space Ranger.«

»Was?«

»Klar. Ich wußte es in dem Moment, als ich dich mit all dem Licht und Rauch sah. Das ist auch der Grund, weswegen ich dich nicht ernstgenommen habe, als du mich als Giftmischer angeklagt hast.« Sein Gesicht war zu einem einzigen gigantischen Grinsen geworden.

»Weißt du eigentlich genau, wovon du da redest?«

»Klar doch. Dein Gesicht und deine Kleidung konnte ich nicht erkennen, aber du hattest Hüftstiefel an und Größe und Figur paßten genau.«

»Zufall.«

»Vielleicht. Die Stiefelform konnte ich nicht erkennen, aber ein bißchen war doch zu sehen, die Farben zum Beispiel. Und du bist der einzige Farmboy, von dem ich je gehört habe, der bereit war, einfach nur Schwarz und Weiß zu tragen.

David Starr warf den Kopf zurück und lachte. »Du hast gewonnen. Willst du dich wirklich mit mir zusammentun?«

»Ich wäre stolz darauf«, antwortete Bigman.

David streckte die Hand aus, und Bigman schlug ein.

»Also gemeinsam«, sagte David, »einerlei wo wir hingehen.«

ENDE

GEISTERJÄGER
JOHN SINCLAIR

Die großen Gruselromane von JASON DARK

BASTEI LÜBBE

Band 73 001

Angst über London

Plötzlich war alles anders. Niemand kannte mich mehr. Weder Sir James, mein Chef, noch Bill Conolly, Suko oder Jane Collins. „John Sinclair? Wer ist das?" hörte ich die Frage. Ich war für meine Freunde ein völlig Fremder.
Ich wurde entlassen. Man warf mich zu dem Zeitpunkt aus dem Yard, als es in London zu einem Chaos kam. Menschen brachen zusammen, verloren ihr Gedächtnis, drehten durch und liefen Amok. Niemand wußte, was geschehen war. Und ich, der entlassene Oberinspektor vom Yard, befand mich im Zentrum des Grauens. Bis ich eines Tages auf eine berückend schöne Frau traf, die mehr über die unheimlichen Vorgänge wußte . . .

Originalausgabe